Le cahier de Marie-Marthe

Si vous souhaitez contacter Régine Albert,
merci d'écrire à :
ella-editions@orange.fr

ELLA Editions

42, route de Chavannes,

28300 Lèves

www.ella-editions.com

Dépôt légal août 2018

ISBN – 978-2-36803-288-6

Du même auteur

À fleur de chemin (poèmes, 1983)
Le Cœur au chaud (1985)
Les Pierres de Sucre (éd. Ivan Davy 1987)
Il était une fois le Petit Bourg des Herbiers (1990)
Un paradis qui bouge dans la mémoire (Echo Optique 1991)
Jardins Evanouis (Echo Optique 1994)
Ateliers d'artistes (1994)
Lettres du temps qui passe (avec Lise Cassin, Geste éditions 1997)
Je vous envoie de mes nouvelles (Geste 2001)
Marcel et Régine Albert, de l'atelier à l'usine (Geste 2004)
Je suis devenue grande (Geste 2008)
Les Nouvelles Pierres de Sucre (Echo Optique 2010)
Je me souviens de Rose (les Chantuseries) Prix des Ecrivains de Vendée, Crédit Mutuel 2012
Deux Sœurs, ELLA éditions, juin 2014

Le cahier de Marie-Marthe

Régine Albert

A mes enfants,

Pascale, Domi, Frédéric, Jean-François.

16 avril 2017

Je m'appelle Marie-Marthe. Je ne connais aucune autre fille qui porte ce prénom. Ou plutôt ces prénoms. J'aurais mille fois préféré m'appeler simplement Marie ou, à la rigueur, Marthe. Ma mère se prénommait Marie mais pour faire plaisir à sa belle-sœur, ma marraine, elle lui proposa de me prénommer comme elle : Marthe. Ma chère marraine en fut flattée mais pour ne pas être en reste de politesse, elle dit à ma mère : appelons-la Marie-Marthe. C'est joli, ne trouves-tu pas ? Ma mère accepta pour ne pas contrarier marraine et peut-être un peu aussi pour faire plaisir à la Sainte Vierge et attirer ses bénédictions sur sa première fille. Grrr…

Ainsi je grandis sous la protection de Marthe et de Marie. On n'avait pas fait le rapprochement de mes deux prénoms avec les sœurs de Lazare, si différentes l'une de l'autre. Comment avait-on pu dans une famille aussi chrétienne ne pas avoir à l'esprit les deux sœurs qui recevaient Jésus à leur table ? La brave Marthe s'affairait à préparer un repas de fête pour honorer leur hôte pendant que Marie s'asseyait tout bonnement aux pieds de Jésus, suspendue au discours qu'il prononçait. Marthe la regardait d'un sale œil « Maître, dis-lui donc de venir m'aider ». Et celui-là qui venait de lui répondre « Ta sœur a choisi la meilleure place, elle ne lui sera point ôtée ».

J'imagine Marthe, le dos tourné, grommelant « elle est bien bonne, et qu'est-ce qu'il y aurait à manger si je ne m'en occupais pas ? » Et voilà, il me fallait être à la fois Marthe et Marie. Celle qui devait avoir les pieds sur terre et assurer le quotidien. Mais aussi celle qui se donnait le temps d'écouter la Parole quitte à laisser le travail du jour. En 1935 on était loin de se préoccuper de l'influence qu'un prénom pouvait avoir sur celle qui le portait.

C'est ainsi que je fus tiraillée toute ma vie entre le désir d'assurer les tâches quotidiennes et celui de me mettre à l'écoute de ce que les autres pouvaient m'apporter pour alimenter ma réflexion. Un jour j'étais Marthe, un jour j'étais Marie. Il faut croire que je ne m'en tirais pas trop mal, mais personne ne voyait combien la lutte était parfois âpre entre les deux.

Il y a longtemps que j'en ai pris mon parti et ça ne m'a pas empêchée d'arriver à ce que je suis aujourd'hui. Un âge, ma foi, respectable. J'ai un reste de vanité qui me titille et je n'avoue pas facilement ma date de naissance ; alors je dirai seulement que je me situe dans la dizaine des 8. Je ne me plains pas, je suis heureuse de ma vie d'aujourd'hui. Figurez-vous que malgré mes nombreuses occupations, l'animatrice de la maison des Bruyères en fleur (la résidence où je suis pensionnaire) m'a demandé d'ouvrir un cahier où consigner mes souvenirs.

— Vous avez une vie riche et si vous l'écriviez ce serait bien, autant pour vos enfants que pour la jeunesse d'aujourd'hui, et patati et patata, de plus pour la mémoire c'est bien de s'imposer d'écrire tous les jours.

Moi j'ai dit :

— Ah tous les jours faut pas pousser, je n'aurai pas le temps avec la belote, le tricot, les correspondances avec les lectrices des Veillées, le journal télévisé, les journées ne font que 24 heures !

Il faut que je commence par le début. Pas trop loin quand même, ça n'intéresse personne de savoir que j'ai été un bébé élevé au lait de sa mère, d'abord je n'en ai pas le souvenir. J'ai été une petite fille normale, qui a fait sa communion à sept ans, l'âge de raison comme disait notre curé Maximin, je ne savais pas trop ce que ça voulait dire mais je venais d'avoir 7 ans, c'était en 1942

La guerre, disaient les adultes, je voyais bien qu'ils étaient tristes parce que des hommes étaient partis loin sur le front. Je ne savais pas ce qu'était le front à part l'endroit sous mes cheveux au-dessus des yeux, c'était bien mystérieux mais je comprenais que c'était un lieu dangereux où les ennemis guettaient nos pères pour leur tirer dessus.

Je me souviens du bruit des avions qui me terrorisait et des hommes en uniforme qu'on appelait les Allemands, ils étaient trois à loger chez nous, ils avaient pris la pièce de devant où je dormais avec ma sœur, il a fallu qu'on aille de l'autre côté du couloir, dans la chambre de maman avec mes deux frères, le grand et le petit ; dans l'autre chambre dormaient ma grand-mère, ma tante, et mon frère, le moyen. Mon père était à la guerre comme tous les hommes, les pères de mes copines, sauf un ou deux parce qu'ils avaient été réformés à cause d'une maladie grave qui les empêchait de travailler.

17 avril 2017

Aujourd'hui lundi de Pâques, je continue mon récit, je vais essayer d'écrire tous les jours, la sieste je ne l'ai jamais faite ce n'est pas maintenant que je vais commencer. Je tiens à raconter avant tout un épisode de ma vie qui m'a profondément marquée et que je n'ai jamais pu oublier. C'était l'année de mes vingt ans, depuis six ans je travaillais à l'usine de chaussures près de la gare, un bon poste puisque de remplieuse j'allais devenir piqueuse et cette année-là, on m'a offert de remplacer la contremaîtresse en arrêt maladie. Il s'agissait de distribuer le travail, vérifier la qualité, enfin un travail intéressant que j'avais à cœur de faire pour le mieux. Mes loisirs c'était les réunions de la JOC et la chorale paroissiale.

Ce soir-là, à deux semaines de la fête de Pâques, la chorale répète les cantiques de la semaine sainte, filles et garçons ensemble se retrouvent dans l'église. Le chauffage est déjà coupé pour économie de carburant, il fait frisquet, les murs de granit suintent à certains endroits. Nous avons la chance d'avoir un vicaire qui chante bien et joue de l'harmonium. L'abbé Christian a l'enthousiasme communicatif, quelques vocalises pour échauffer la voix, quelques bonnes respirations, allez on y va. Tout ce qu'exige l'abbé est parole d'évangile, on a en lui une confiance absolue. Le jour il est professeur de français au petit Séminaire, le soir il assure les répétitions de chorale et les réunions d'action catholique. Ça fait deux ans qu'il accompagne les jeunes et tout le monde l'aime.

En ce soir de mars les vocalises s'envolent, légères sous les voûtes à peine éclairées de la vieille église. Les filles resserrent autour du cou leurs écharpes de laine. Paulette, l'institutrice de la classe des CP part chercher les livres de cantiques à la sacristie. « Monsieur l'abbé, c'est vous qui avez la clef du placard ? — J'arrive, elle est dans ma poche ». En quelques pas, l'abbé la rejoint dans un froissement de soutane. Moi j'ai déjà distribué les feuilles où sont notées les dates des trois répétitions avant la Semaine Sainte. Il en manque deux. Je me dirige vers la sacristie pour en chercher. J'entre. Je m'arrête, figée.

Sonnée je recule, trois pas en arrière, reviens à ma place, le cœur battant. Colette tend la main vers moi. Alors, ces feuilles ? J'ai les mains vides, ne peux répondre et garde les yeux fixés vers le chœur. L'abbé et Paulette reviennent, portant les cantiques à couverture rouge. Ma voix reste dans la gorge, je suis incapable d'articuler et mon livre est ouvert à n'importe quelle page. « On n'entend pas votre belle voix Marie-Marthe ». Les paroles de l'abbé m'arrivent dans un brouillard. Je réussis tout juste à prononcer « j'ai mal à la gorge ». Paulette me tend un sachet de pastilles au miel. Je refuse. J'ai froid, je voudrais être dehors, j'aspire à retrouver la chaleur de mon lit.

Mardi 18 avril

J'ai arrêté d'écrire parce que les souvenirs douloureux ont eu raison de mon envie de tout raconter. Mais je n'ai rien oublié.

La répétition dure une heure quinze ce fameux soir de mars. Paulette va ranger les cantiques. L'abbé Christian ferme à clef la sacristie après avoir éteint les lumières. Une lampe de poche suffit à éclairer l'allée centrale, bientôt l'église est vide, la porte verrouillée. Sous les réverbères pauvres en lumière les jeunes se disent au revoir, salut à la semaine prochaine, à demain à l'usine, réunion de JOC mercredi.

Par groupes de trois ou quatre, ils s'enfoncent dans les rues désertes, bras dessus, bras dessous. D'office, Colette m'accroche le bras. On habite le même quartier, dans le haut du bourg, dix minutes de marche. Elle me communique un peu de sa chaleur, je suis glacée « dis donc, tu n'as pas l'air en forme ma pauvre, soigne-toi, es-tu sûre de pouvoir aller travailler demain ? » On a l'habitude de partir ensemble à l'usine, on y est entrées l'année de nos quatorze ans, sitôt le certificat d'études. J'ai commencé comme remplieuse, elle piqueuse. Je l'enviais, remplieuse c'est un travail ingrat, amincir le cuir tout autour des morceaux qui forment le dessus de la chaussure, c'est une opération nécessaire pour qu'on puisse aisément le piquer sur la semelle. Pour le rempliage et le parage, on utilise de la colle, on s'en met plein les doigts et pour enlever ensuite cette satanée gomme qui vous abîme les mains, c'est toute une affaire, le savon ne suffit pas, il faut de l'alcool ou de l'essence !

À ce moment-là j'espérais de toutes mes forces arriver à être piqueuse, ça demande du doigté et ça laisse les mains douces, c'est mieux payé, ça donne un grade de plus dans la grille des salaires. À l'époque, je ne vais pas me plaindre, j'ai déjà un emploi sûr et une paye régulière à la fin du mois. Tant mieux si Colette et d'autres sont mieux loties. Déjà je trouve qu'il y a une bonne ambiance dans mon coin d'atelier. Françoise et Lucette sont gaies, Jojo et Hubert de bons copains, ça compte !

19 avril 2017

Je tiens à respecter l'heure du goûter alors hier j'ai dû interrompre mon écriture. Peut-être aussi que je repousse le moment d'évoquer la raison de ma tristesse de ce soir de chorale.

Colette et moi on se sépare juste sous le dernier réverbère de la rue ; plus loin, sur la route des villages, c'est le noir complet. Je monte les trois marches qui mènent au jardinet qui entoure la demeure de mes parents. Colette passe le seuil de la maison en face. De part et d'autre on devine une lampe allumée dans la cuisine. Nos mères veillent devant un magazine ; chez Colette, les Annales de la Propagation de la Foi, chez nous le Pèlerin. Elles font l'échange dès qu'elles ont lu le leur.

« Je t'ai préparé un lait chaud avec du miel, il fait froid ! » Maman me tend un bol qu'elle vient de remplir « merci maman ». Je l'observe, ses cheveux brillent comme de l'argent sous l'ampoule qui éclaire seulement le centre de la table. Sur ses épaules, la pèlerine de laine violette que portait grand-mère autrefois. Ses doigts gonflés d'engelures reposent sur la revue dépliée. Mains de laveuse. Non seulement elle lave le linge de la famille, on est neuf à vivre sous le même toit, mais elle entretient aussi celui de la boulangère et celui de la bouchère, dans le commerce les femmes n'ont pas le temps de laver et repasser leur linge. Le jour, ma mère n'arrête pas entre les lessives, le ménage, la maison, le rapiéçage et la cuisine, pas une minute à elle. Elle se rattrape le soir, une heure ou deux sous la lampe pour son magazine, des fois un roman de Pierre Lhermite ou Marie Barrère-Affre qu'elle emprunte à la Bonne Presse.

En savourant mon lait je la regarde. Le bleu de ses yeux est plus délavé qu'autrefois, c'est comme si leur couleur avait passé au soleil ; je vois ses rides et ses joues pâles. La mère ne se plaint jamais. Demain elle sera debout en même temps que le père et les deux enfants qui travaillent à l'usine. Mon père partira en vélo jusqu'à la scierie en même temps que mon frère André ira rejoindre à pied la fabrique de meubles à la sortie de la ville. Moi, un peu plus tard, je partirai à l'usine sur ma bicyclette rouge, le cadeau de mes vingt ans.

Jeudi 20 avril

Cette fois j'y arrive. Je vais aller jusqu'au bout.

Après la douceur de mon bol de lait chaud je rejoins ma chambre. Je me déshabille et enfile ma chemise de nuit douillette en finette blanche semée de fleurs roses. Je me glisse entre les draps réchauffés par la bouillotte que maman a glissée au fond du lit. J'éteins l'ampoule avec la petite poire en bakélite qui pend au bout du cordon tressé. Un déclic, la lumière s'éteint. J'ai hâte de trouver le sommeil pour ne plus penser, le rythme de mon cœur ne s'est pas apaisé depuis tout à l'heure.

Comment ai-je pu ne rien voir ? Pas un seul instant je n'ai imaginé qu'une fille pourrait faire dévier de son chemin l'abbé Christian ! Il n'a pas le droit d'appartenir à une femme en particulier, il est là pour toutes, pour cette équipe de la JOC qui a besoin de sa lumière, de son soutien et de sa foi.

Mais pourquoi suis-je aussi bouleversée par ce que j'ai vu ? Est-ce que moi-même, en secret, je n'ai pas désiré un jour que ma relation avec l'abbé soit différente de ce qu'elle est ? N'ai-je pas espéré être remarquée et pourquoi pas devenir… sa préférée ? Est-ce que je suis jalouse de ce geste affectueux si pudique malgré tout mais si parlant ? S'il l'avait fait avec moi ? D'y penser me fait frissonner. J'essaie de me dire que j'ai mal interprété ce que j'ai vu, la main de l'abbé posée sur la chevelure de Paulette, la tête de Paulette appuyée contre son épaule ? Gestes d'amoureux impossibles à imaginer entre une fille et un prêtre !

Je n'arrive pas à admettre qu'il puisse y avoir quelque chose entre Paulette et lui. C'est elle, j'en suis sûre, qui l'a provoqué, la garce. Il faut que je respire ; dans le décolleté de ma chemise, je glisse mes mains que Dieu me pardonne. Je caresse mes seins tièdes et une sensation de bien-être m'envahit, est-ce la volupté cette onde qui parcourt mon corps ? Je n'ai jamais fait ces gestes depuis mes douze ans lorsque je vérifiais si ma poitrine s'arrondissait, j'avais tellement hâte de devenir femme. Soudain, j'ai honte, je remets en place le ruban de ma chemise et pour éloigner la tentation je trace du front à la poitrine et d'une épaule à l'autre le signe de la croix.

Inutile d'essayer de m'endormir. J'allume ma lampe de chevet, cale mon dos avec deux oreillers. Mais pourquoi Paulette ? Elle est institutrice, plus fine qu'une fille d'usine ? Plus belle qu'une autre, certainement pas. Plutôt l'air d'une sainte nitouche avec son éternelle jupe plissée, son chemisier en broderie anglaise et le ruban blanc qui attache ses cheveux. À l'école, on dit qu'elle moleste facilement ses élèves, plusieurs parents se sont plaints de ce qu'elle leur tire les oreilles ou leur donne de méchants coups de règle sur les doigts. Mais elle, Mademoiselle, a son brevet élémentaire, une belle voix d'alto, s'impose comme chef à la chorale et aussi à la bibliothèque paroissiale. Comment moi, petite ouvrière, pourrais-je lutter contre la demoiselle qui sait tout ?

Jeudi 11 mai

Il m'a fallu du temps pour digérer ce que j'ai raconté de ma vie. Je ne pensais pas que raviver ces souvenirs me ferait mal. Pourtant, j'ai eu ma part de chance. Et surtout, le fameux « carnet de militante » que j'ai tenu pendant plusieurs années m'a aidée plus que je ne l'aurais pensé. Se soucier des autres est un bon remède pour oublier ses propres misères, ça oui, je peux en témoigner ; on se rend compte que chacun a sa part d'épreuves et qu'on n'est pas les seuls à supporter le malheur.

Ce carnet, un gros à spirales, à la couverture bleu fané, porte mon prénom (mes deux prénoms !) Marie-Marthe. Pour raviver mes souvenirs, je le feuillette. À la date du 12 avril 1959, voilà ce que j'ai noté (mon écriture a bien changé depuis) :

Dix heures du soir. J'en peux plus de cette journée grise. Mal dormi. Même que j'ai fait un cauchemar. Paulette en pleine lumière dans un jardin fleuri. Elle rit et l'abbé Christian va vers elle. Je veux les rejoindre mais mes pieds collent à la terre, j'ai beau leur dire de m'attendre, ils n'entendent pas et s'éloignent. Je me réveille en sueur. Pas réussi à me rendormir. Mon vélo m'a conduite tout seul jusqu'à l'usine. Gaby m'a souri et m'a fait la bise, il est chic. Je l'aime bien mais il ne me fait pas rêver. Toute la matinée j'ai eu du mal à supporter l'odeur du cuir et de la colle. Les filles fredonnaient mais moi pas le cœur à chanter « j'attendrai le jour et la nuit, j'attendrai toujours ton retour ». Envie de pleurer, me suis traitée d'andouille. Lucette, sur la chaîne, s'essuyait les yeux. À la pause, me suis approchée d'elle ; on a pris un café, j'en apporte toujours dans mon thermos. Son père est à l'hôpital : un madrier lui est tombé sur le pied, il travaille chez le maçon du bourg. Essayé de la réconforter, ça m'a fait oublier le reste.

Le même jour, je parle d'Adrienne. Elle n'est pas loin de moi sur la chaîne, un peu timide parce qu'elle croit qu'elle n'est pas comme les filles du bourg, ses parents sont agriculteurs, elle vit avec eux à la ferme de la Marnière. Elle m'a dit qu'elle était contente, ça ne lui disait rien de travailler dans les champs ou de panser les cochons et puis son père lui a dit « ta sœur travaille déjà avec nous, on peut pas nourrir quelqu'un d'autre, toi tu iras travailler à l'usine »

— Bien sûr que j'étais contente mais maintenant je vois que les filles du bourg sont pas comme celles de la campagne. Moi quand je rentre faut que j'aille nourrir les lapins et puis mon père me dit le samedi et le dimanche « allez, fais ta part, va tirer les vaches, te prends pas pour une de ces filles du bourg qui font rien une fois qu'elles sont chez elles ». J'ose même pas les inviter chez moi mais je vais aux réunions de JOC avec l'abbé Christian et j'apprends à les connaître.

Après Adrienne, c'est le tour de Louisette. Celle-là c'était un numéro, elle n'envoyait pas dire par d'autres ce qu'elle avait sur le cœur. J'ai résumé ce jour-là ce qu'elle avait dit à la réunion.

— Qu'est-ce que ça peut faire aux autres le boulot que je fais ? Moi je fais mes heures, je veux pas qu'on m'embête, c'est dur mais je m'en fous j'ai jamais vu personne qu'était content de son boulot à l'usine, on te demande juste de travailler, tenir le rendement et à la fin du mois on est contentes de toucher la paye, j'en demande pas plus, faut pas se plaindre tout le temps. Y en a qui voudraient monter un syndicat pour demander ci ou ça, moi j'en ai rien à foutre, j'en connais qu'ont été mis à la porte rien que pour ça. On est là pour bosser, dame tu fous rien ? Tu gagnes rien, voilà ce qu'il m'a dit le patron. Qu'est-ce que tu veux dire à ça ?

Mon père est livreur de charbon, ma mère fait des ménages chez les gens riches. J'ai pas intérêt à me plaindre, mon père me chanterait Ramona, pourtant tu vois l'autre jour quand il a vu mes mains ça lui a fait ouvrir des yeux tout blancs à cause de la peau noire de ses joues avant qu'y se lave dans l'évier. Y m'a dit c'est quoi ça ? Je venais juste d'ôter ma bande Velpeau pour mettre de la teinture d'iode. J'ai dit que ça saignait pasque je fais le même geste plus de mille fois par jour, enfoncer des rivets dans le cuir des chaussures. D'accord ma voisine de chaîne, Lucienne, quand elle a vu ça elle m'a dit je vais prendre ta place un moment ça reposera ta main. Alors j'ai dit pas question, fais ton boulot.

Louisette était une force de la nature. Plutôt brute, sans façon, n'ayant jamais peur de la vulgarité, pour elle c'était du parler vrai. Elle ne s'est jamais mariée, dame elle disait avec mon sale caractère. Elle vit encore dans sa petite maison au centre du bourg et se contente de peu. Des années d'usine, elle a gardé ce côté j'ai pas à me plaindre, du moment que j'ai la santé. Elle vient me voir presque chaque semaine et me salue d'une bourrade, alors ma vieille, ça va ? Tu t'ennuies pas ?

Vendredi 12 mai

Je n'arrive toujours pas à me coucher de bonne heure. Après le souper, je m'installe sur un coin de table et j'écris dans mon cahier à petits carreaux. Un crayon Bic comme autrefois que je laisse courir en suivant le fil de mes souvenirs, au gré du jour. J'aime me retrouver dans les lointains de ma vie avant que la vieillesse et son cortège de désagréments m'enlèvent le goût du temps passé.

Voilà que me revient, très clair, le souvenir de Thérèse, une amie d'école qui n'était pas du tout tentée par l'action catholique. Ni ouvrière d'usine, ni « bonne à tout faire », elle était rentrée à la Poste. Une jolie fille qu'on qualifiait volontiers de coureuse. Après tout, c'était son droit d'aimer la compagnie des garçons. Sauf qu'un jour, elle m'apprend qu'elle attend un bébé. Je lui dis, bon c'est moche mais pas une catastrophe, il suffit de te marier vite, tu n'auras pas les cloches mais qu'est-ce que ça peut faire ? Ça ne t'empêchera pas d'être heureuse en ménage et d'avoir un beau bébé. Elle ne dit rien mais quelques jours plus tard m'avoue que le garçon ne veut pas entendre parler de mariage. Fille-mère, tu te rends compte ? Je serai fille-mère, mes parents vont me tuer.

Forcément elle exagère, mais ça change tout. Assumer toute seule la grossesse, la naissance d'un petit. Bien sûr, au cours d'une réunion de JOCF, j'évoque le problème de mon amie. On entend des ah des oh, certains outrés, d'autres compatissants. L'abbé Christian nous incite à réfléchir à l'épreuve vécue par Thérèse. Allons-nous la rejeter ? Qui sommes-nous pour la juger et la renvoyer à son péché ? Et puis, bien au-dessus de nous, quelqu'un ne la regarde-t-il pas autrement ? Avons-nous oublié que Dieu est bonté et miséricorde ? À la fin de la réunion, nous sommes bien décidées à lui apporter notre soutien. Le bébé sera accueilli comme un enfant de l'amour et déjà nous envisageons de tricoter brassières et chaussons pour que ce petit, privé de père, soit accueilli dans la chaleur et l'affection de ses nombreuses nounous !

Sur la page suivante est mentionnée Claudine. Non, elle non plus n'est pas venue aux premières rencontres. J'aime pas parler de mon boulot elle disait depuis que… Moi, je savais. Juste quelques mots sur une demi-page pour évoquer sa désillusion. Bien roulée, la fille, disaient les gars de l'usine. Sa blouse grise n'arrivait pas à dissimuler ses jolies rondeurs et sa peau bronzée. Remplieuse elle aussi, un boulot pas très noble, elle fut remarquée par son patron qui passait assez souvent parmi les ouvrières vérifier la qualité des chaussures.

Un jour, il l'approcha, examina ses gestes « tu as l'air de bien connaître le cuir, je t'emmènerais bien avec moi la semaine prochaine, je vais près d'Angers acheter des peaux. » Surprise et flattée, elle accepta, se disant que ça lui vaudrait peut-être une promotion et un meilleur salaire. Jamais elle n'était montée dans une voiture aussi belle, une Mercedes noire et brillante comme un cuir bien ciré. Les peaux qu'on leur montra à Saint-André étaient superbes, souples et douces.

— Après, il m'a emmenée au restaurant ; une table pour nous deux, un doigt de vin, mais si voyons ! J'ai dit oui à tout si bien qu'en quittant ma chaise, j'ai vu les tables tourner. Le patron m'a dit veux-tu venir te reposer, on peut prendre une chambre… Alors j'ai compris, j'ai retiré mon bras qu'il avait déjà pris, non non, ça va aller, je me suis réfugiée dans la voiture, il a repris le volant et ne m'a plus adressé la parole, mon cœur battait la chamade, j'avais honte, j'ai pleuré en rentrant à la maison. Humiliée, je me suis traitée de nouille ! Il n'a plus essayé et j'ai su que je resterais remplieuse tout le temps où je travaillerais dans cette boîte.

Des années plus tard, Claudine a créé avec son fiancé un atelier de chaussures de luxe. Devenue chef d'entreprise, elle n'a jamais renié ses amies de jeunesse. Elle a pris sa retraite au bord de la mer à Saint-Gilles et nous nous voyons chaque année au pique-nique des anciennes copines de l'usine.

Il est presque 23h30. Je suis depuis toujours une couche-tard. Un lit vide m'attend.

13 mai, la nuit tombe il est près de 22 heures

Mon Dieu, que les jours allongent, l'été s'en vient mais il fait frisquet. De ma chambre j'entends les flonflons de la fête foraine. Depuis toujours, le préveil de Saint Similien se tient le deuxième dimanche de mai. Autrefois, quelques manèges se partageaient la place du Champ de Foire, j'ai connu les balançoires, dites pousse-pousse, le manège pour les enfants avec leurs voitures en forme de canards ou de chèvres, les chamonix qui tournaient à toute vitesse avec montées et descentes vertigineuses.

Un peu plus tard sont arrivées les premières autos-tamponneuses où l'on grimpait avec les garçons qui avaient la bonne idée de nous inviter. Et le stand aux ampoules clignotantes où l'on voyait fabriquer les berlingots de toutes les couleurs. Jamais nous ne serions revenues à la maison sans un sachet de ces bonbons sucrés et parfumés, que l'on ne dégustait qu'une fois par an. Je n'ai manqué cette fête qu'une fois, l'année où j'ai fait ma communion solennelle ; c'était la règle, les communiantes de l'année devaient ajouter à leurs sacrifices celui de renoncer à ce plaisir païen, faire la fête qui n'avait rien à voir avec ce que l'Église célébrait suivant le calendrier des saints et l'année liturgique.

Je sais que demain mes petits-enfants viendront me porter un sachet rempli de ces berlingots dorés truffés d'éclats de noisettes et d'amandes. Gare aux dents !

Chaque année, jusqu'à mon mariage, je n'ai jamais manqué la fête du préveil, c'était magique de pouvoir avec les filles, bras dessus bras dessous, flâner entre les stands illuminés, se laisser enivrer par les chansons à la mode qui vous vrillaient le cœur et les oreilles, écouter les bonimenteurs qui vantaient les sucres d'orge, les sucettes ou la loterie, allez mesdemoiselles, un tir à la carabine, et une belle peluche rose en cadeau, deux si vous tirez bien hé hé hé. Le reste du temps, les filles allaient au bal, moi je n'aimais pas trop je préférais le cinéma. À la salle paroissiale je fus pendant quelques années ouvreuse. Je le faisais avec plaisir, avec mes amies. Avec le temps, j'ai évolué…

Lundi 15 mai

Trop occupée pour reprendre mon récit que j'ai abandonné à la taille l'autre jour... Commencé une phrase, mais je ne sais plus ce que je voulais dire « avec le temps j'ai évolué... » bah, tant pis. Il me faut raconter ce que j'ai fait aujourd'hui.

Marion, la jeune animatrice de la maison, vient tout sourire et les yeux doux demander aux résidents s'ils veulent bien au cours de l'après-midi raconter à un groupe des épisodes de leur vie :

— Oh vous avez vécu des années intéressantes comme ce serait bien de les partager avec les autres oui oui vos vies sont riches et tellement différentes les unes des autres.

Aujourd'hui c'est moi qui étais sur la sellette. J'ai raconté plusieurs époques de ma jeunesse, pas dans l'ordre ce serait ennuyeux mais plutôt comme des récits indépendants les uns des autres, mais ce soir je suis fatiguée d'avoir parlé et répondu aux questions, je le raconterai dans mon cahier au fil des jours, pas tout à la fois.

Naturellement, j'ai parlé de l'anecdote de la chorale et pour imiter les bonnes conteuses, j'ai laissé en suspens la suite des événements si bien que chacune et chacun essayait d'imaginer le jeune abbé qui faisait tourner la tête des filles. J'en ai fait un personnage de cinéma en l'appelant l'abbé Philippe et affirmant qu'il était aussi beau que Gérard Philipe. Quand je me suis arrêtée de parler, laissant tous mes auditeurs sur leur faim, surtout les femmes, il se fit un grand silence. Marion, après quelques secondes, a fait entendre un petit rire avant de faire remarquer « on entendrait une mouche voler. »

Mardi 16 mai

Quand j'ai posé mon crayon hier soir, la phrase prononcée par Marion m'a trotté dans la tête, elle défilait sans arrêt et j'avais envie de la répéter, de la chanter, elle entrouvrait la porte des souvenirs. Je me suis allongée dans mon lit et plutôt que de lire quelques pages du livre en cours (Jacques Salomé), j'ai laissé venir les sensations qu'avait réveillées cette simple phrase « on entendrait une mouche voler ».

Je me suis retrouvée dans la cuisine familiale, j'avais entre 8 et 10 ans, était-ce en juillet ou en août, une journée d'été, si chaude qu'on avait suspendu un rideau devant le carreau de la porte. La pièce semblait fraîche à cause de la pénombre, dehors le soleil cuisait les deux marches menant au jardin. Je me souviens du bouquet de roses placé au centre de la table, leur parfum flottait tout autour. Maman s'était allongée dans la chambre pour sa sieste, grand-mère tricotait dans la petite pièce à côté. Assise sur le carrelage pour trouver un peu de fraîcheur je feuilletais ma revue Bernadette.

La pendule a égrené 3 coups et puis, dans le silence qui suivit j'ai entendu le zonzonnement d'une mouche. Elle tournait autour du ruban de papier collant qui tombait du plafond. J'ai pensé elle va finir par se coller à la glu. Non, elle a continué longtemps son bourdonnement avant de se poser sur un pétale de rose tombé sur la toile cirée ; « on entendrait une mouche voler » : je me suis endormie sur cette image et ce matin j'ai pensé à Marion qui, sans le vouloir, m'a fait revivre le vol d'une minuscule mouche associé à la chaleur d'une journée estivale.

Jeudi 18 mai

Le bruit qu'une mouche fait en volant dans une pièce silencieuse, ça ne vaut pas le coup d'en parler longtemps, c'est juste un clin d'œil à ces souvenirs qui vous chatouillent le cœur parce qu'ils vous ramènent au temps heureux de l'enfance. Retenir le temps ça n'existe pas mais ça fait du bien parfois de revenir sur le passé. D'accord, ça s'appelle de la nostalgie mais une nostalgie heureuse. Ça me fait penser à cette chanson désuète qui traîne dans un coin de mon cerveau « ah le bon temps qui s'écoulait dans le jardin de mon grand-père/ À la veillée on s'assemblait près du rouet de ma grand-mère ». J'ai les idées plus claires dans l'après-midi, je me sens en forme pour raconter encore un chapitre de ma vie.

J'ai accusé le coup à la suite de la découverte de la relation amoureuse entre Paulette et l'abbé Christian et je fus un certain temps sidérée par ce que je ressentais. Honteuse même de n'avoir rien compris à mes sentiments, alors que naïvement je croyais éprouver une admiration quasi religieuse pour notre bon aumônier. Je ne pouvais rien changer au cours des choses et je vis arriver, avec un grand chagrin, le jour où comme une traînée de poudre la rumeur fit le tour du bourg et même du doyenné : l'abbé quittait la paroisse et le lycée où il enseignait, il partait à Paris accompagné de Paulette, il « défroquait », quel vilain mot, et allait épouser l'institutrice qui elle aussi avait disparu de l'école. Les commères y allaient de leurs imprécations :

— Olé de sa faute à elle, cette p...

Les mots n'étaient pas tendres, forcément :

— C'est elle qui l'a enjôlé, un si bon prêtre, je vous dis que c'est moitié une sorcière.

Je ne disais rien, je gardais mon chagrin pour moi.

Vint la fin de l'année scolaire, et en même temps la période des congés payés. C'est à cette période qu'on envisagea le meeting grandiose qui couronnerait notre année de réflexion jociste. Toute l'année nous avions réfléchi à la vie des jeunes travailleurs et jeunes travailleuses, à notre vie à tous au travail, dans les loisirs et à ce que nous pouvions faire pour améliorer les conditions de vie de notre jeunesse. Alors on se rassembla par secteurs, pour préparer la grande manifestation de la JOC et JOCF à laquelle seraient conviés non seulement les jeunes du monde ouvrier mais aussi les élus et responsables économiques du département.

Naturellement ce meeting aurait lieu à La-Roche-sur-Yon dans une grande salle. C'est au cours d'une rencontre entre garçons et filles du secteur de Grand-Bourg que je rencontrai Jean-Louis, responsable JOC du Nord-Vendée. Je n'avais pas eu encore l'occasion de travailler avec lui. Son dynamisme me fit du bien, il était chaleureux, très engagé dans le mouvement, travaillait dans la chaussure, amoureux de son travail comme je pouvais l'être de la belle ouvrage et du résultat impeccable. J'avais remarqué ses mocassins noirs toujours bien cirés et à la souplesse des plis je devinais un cuir d'excellente qualité. Nous avons vite éprouvé le besoin de nous voir en dehors des réunions de préparation.

Mais j'y reviendrai ; comme je suis dans le sujet je continue à parler de ce mémorable meeting à La Roche. Y en eut-il d'aussi réussis les autres années ? Probablement mais je garde de celui-ci un souvenir indélébile, peut-être parce que j'ai conservé l'article du journal Ouest-France qui rendait compte de cette belle manifestation.

Cette page fait partie des documents que j'ai gardés de cette époque. Elle a pris une couleur jaune de vieux papier, les photos reproduites sont de qualité médiocre mais on y voit une marée de jeunes visages qui témoigne de la foule présente. L'article figure sur la page « Au Pays Yonnais » sous le double cœur vendéen. Le titre est impressionnant : 600 jocistes échangent leurs points de vue à la suite de leur enquête départementale. En sous-titre : *ils s'engagent à préparer un avenir meilleur par un travail humain.* C'est ce slogan qui figure sur la banderole dominant la table des intervenants. Au premier plan, devant le micro : Louis. À la table il me semble reconnaître, car les visages sont flous, Michelle, Jacqueline, Constant et moi. Sur trois autres visages, je ne parviens pas à mettre de noms.

L'ambiance est bon enfant, plusieurs chanteurs et chanteuses lancent les chants à la mode. Du Père Duval : rue des Longues-Haies puis Le Marchand de Bonheur, Qu'il fait bon vivre. Les Joyeux Copains du Grand-Bourg, lauréats de la récente Coupe de la Joie, enchantent l'auditoire par leurs polyphonies (résultat des répétitions dirigées par l'abbé Christian…).

Entre ces intermèdes joyeux, on aborde les sujets sérieux concernant la vie des jeunes travailleurs, en usine, chez les artisans, les commerçants ou les particuliers. On se projette dans les années à venir, qui verront arriver sur le marché du travail un nombre croissant de jeunes alors que les départs en retraite seront minimes. Le nombre de jeunes Vendéens de 14 à 25 ans évalué en 1960 à 56 859 fera un bond en 1970 à plus de 80 000 ! Alors dès maintenant il faut s'y préparer. La motion que nous faisons voter en fin de meeting est claire et engage à agir. Je la reproduis en entier car elle est exemplaire :

Nous nous engageons :

« À ne pas attendre que tout vienne automatiquement des autres ou des pouvoirs publics, mais à avoir le courage, chacun à notre place, de prendre en main notre vie présente pour préparer personnellement notre avenir.

« À continuer l'action pour demander industrialisation et débouchés professionnels nouveaux, juste salaire, et lutter contre l'injustice avec respect mais fermeté.

« À devenir des professionnels de valeur, consciencieux et qualifiés ; à développer nos compétences ; à utiliser les moyens de culture mis à notre portée ; à acquérir, nous les jeunes filles, une formation ménagère solide.

Ce n'était pas rien ! J'entends encore les applaudissements de toute cette jeunesse pleine d'ardeur et d'espérance. Le chant « Jeunesse debout ! » résonne encore à mes oreilles « *il faut nous dépasser nous-mêmes, il faut monter vers la grandeur. Tous debout, jeunes travailleurs, pour bâtir un monde meilleur* ! »

Nos 600 voix faisaient trembler les murs de la Vendéenne. Pleins de courage, forts de notre solidarité, nous repartions dans la nuit vers nos usines, nos bureaux et nos chantiers, pour une année de travail et d'attention aux autres, sûrs que « *l'âme d'un jeune travailleur vaut plus que tout l'or du monde.* »

Plongée dans mes souvenirs je n'ai pas vu l'horloge tourner. Je vais me glisser dans mon lit avec une bouillotte à mes pieds. Il est presque minuit.

Je ne sais pas ce que j'ai bourbité mais il est déjà 23h. Je n'ai pas sommeil alors je prends quelques minutes pour remonter la pendule de mes souvenirs.

Jean-Louis, je veux en dire quelques mots, parce que ce jour est une date anniversaire importante dans ma vie. Il est né la même année que moi, de deux mois mon aîné, d'un père cantonnier et d'une mère couturière qui travaille pour des clientes (des pratiques, avait-on coutume de dire). À l'école il a de bonnes notes mais bon, à douze ans, sitôt son certificat, hop, hors de la cour de récréation et des livres de grammaire.

Avoir réussi son certificat brillamment, 10e du canton, ne donne pas le droit de continuer plus longtemps à étudier.

— Tiens, tu vas aller garder les vaches à la Tisonnière, ça t'occupera et puis t'as bien assez étudié, faut travailler maintenant.

C'est l'été, Jean-Louis enfourche son vélo et le poissonnier le charge de vendre la sardine fraîche dans les villages. Ah ! le jeune garçon aurait bien aimé aller travailler chez un menuisier, le bois l'attire mais ça sert à rien de rêver.

— Allez mon gars, à l'usine de la Vallée on embauche, c'est le moment d'y entrer.

À contrecœur il obéit, on n'ose pas (pas encore) aller contre la volonté des parents. Au lieu de travailler le bois, il va s'initier au travail du cuir.

Sous mes yeux, sur une photo jaunie, Jean-Louis sourit ; il tient à la main une chaussure de femme dont il a dessiné le modèle. Sa première création. Ça me donne le cafard. Ça ira mieux demain. Ah oui, j'allais oublier : le 20 mai c'est la date de sa naissance, en 1935.

Lundi 22 mai

Je prends mon cahier dans l'après-midi pendant que les « vieux » font la sieste. D'accord, je suis aussi vieille que les autres – soyons juste, l'aînée de la maison vient de fêter son centenaire, je n'y suis pas encore ! Mais moi la sieste ne me dit rien, la maison est calme ; tout le monde croit que moi, comme les autres, je suis étendue dans un sommeil bienfaisant, qu'ils le croient, ça me donne de la tranquillité pour un moment.

Je veux aujourd'hui suivre mon idée sur Jean-Louis. Le voilà donc embauché dans l'usine où il s'initie d'abord à la coupe. Il taille et découpe le cuir non pas pour la partie visible de la chaussure mais pour les renforts, il faut bien apprendre le métier sans prendre trop de risques. C'est l'époque bénie où les anciens ouvriers montrent patiemment aux jeunes la façon de faire pour devenir de bons techniciens. Mais c'est aussi l'époque où les horaires sont extensibles et le jeune Jean-Louis est présent dans l'usine 50 heures par semaine ! C'est dur mais quand y a du boulot faut assurer les commandes et puis on sait que les travailleurs de la terre, les paysans, ne comptent pas leurs heures à la belle saison. Tant qu'il fait jour, ils sont dans les champs et dans les sillons.

Et le samedi est-il un jour de repos ? Ah ben non, pas d'usine aujourd'hui mon gars, prends une bêche, va au jardin, ça te changera, tu seras au grand air. En hiver, y'a de quoi s'occuper tout pareil. La plupart des gens du bourg ont à la campagne des « planches » de choux. Le samedi c'est le bol d'air, grand bienfait pour les ouvriers qui respirent le cuir, la colle et autres saloperies entre les murs toute la semaine. À la maison il y a aussi les poulets et les lapins dont il faut s'occuper. De précieux garde-manger pour les repas de la maisonnée.

Chez nous, c'est la même chose. Quand il me raconte que chaque année on renouvelle l'herbe qui emplit les paillasses des lits, je reconnais les habitudes de chez moi. L'herbe est arrachée et mise à sécher, on l'appelle la « guinche ». Ailleurs on utilise la « bale » du blé.

Après être passé par la coupe, il est mis sur la chaîne. Son travail consiste à renforcer les bouts de chaussures, il utilise un produit qui amollit le cuir. Là c'est une autre affaire, il faut être solidaire avec les autres ouvriers sur la même chaîne. Parfois, Jean-Louis ralentit la cadence pour que tout le monde puisse suivre. Ce qu'il préfère c'est nettement la coupe, on est dans la chaussure de luxe, les peaux sont d'excellente qualité (de la vache, de la chèvre). La doublure intérieure, de moindre qualité, vient du bout du monde : de Nouvelle-Zélande. Oh là là, ça fait voyager et rêver, on regarde les peaux et on se dit en les touchant qu'elles viennent de très loin, d'un pays qu'on ne connaîtra jamais ; la femme qui portera en élégante ses beaux souliers vernis se doutera-t-elle du chemin que la matière première a parcouru avant de venir chausser ses jolis pieds gainés de nylon ?

Je tiens à raconter tout ça sur un cahier car sinon, dans quelques années, et déjà maintenant que tout a changé si vite, qui s'en souviendra ? Les anciens une fois disparus, que sauront les jeunes générations de notre vie d'autrefois ? Je pense à ma grand-mère et aux veillées de notre enfance. C'est là que j'ai engrangé la vie de nos grands-parents, d'avant l'électricité, la radio et la machine à laver ! Ah mes petites-filles disait grand-mère Rose, fallait pas être feignantes et se lever à des neuf heures comme vous faites aujourd'hui les jours où y'a pas d'usine.

Oui, la vie a bien changé. Quand je demandais à grand-mère ce qu'elle appréciait le plus dans sa vie de femme (en 1960) elle n'hésitait pas : la machine à laver. Se rendre au doué par tous les temps, l'eau froide, les mains gercées, la lessiveuse avec la cendre et la soude, les brouettées de linge qui vous tiraient sur les bras.

— Tu peux comprendre ma petite fille pourquoi j'ai encore les doigts gonflés, ils disent que c'est de l'arthrite, une belle saloperie…

Jeudi 25 mai

Jour de l'Ascension. Pas de messe à la maison de retraite puisqu'on en a une par semaine, le vendredi. Pas assez de prêtres en activité pour assurer les célébrations des paroisses alors il faut bien étaler sur les jours de la semaine. Mais ce n'est pas grave. À la résidence des vieux prêtres, dans le château de la Grange, à deux cents mètres d'ici, la messe est célébrée à 11 heures le dimanche et les jours de fête religieuse. Donc ce matin je m'y suis rendue en poussant le fauteuil de Marguerite, 92 ans mais bon œil à défaut de bon pied ! Pendant la célébration, je fus intriguée par une femme, de l'autre côté de l'allée, qui me regardait en souriant. Je me suis creusé la tête en me demandant qui pouvait-elle bien être. Je n'arrivais pas à mettre un nom sur son visage mais son regard m'intriguait.

À la sortie, la voilà qui s'avance vers nous. « Marie-Marthe, me reconnais-tu ? Et soudain j'ai eu l'intuition « Micheline, c'est toi ?? » La voilà qui me serre contre elle et plaque deux bises sur mes joues. « Je suis de retour au

Grand-Bourg et sais-tu ? je vais rentrer à la maison de retraite des Bruyères, là où tu es ». Les bras m'en tombent ! Elle ajoute, en embrassant ma compagne « quelle joie de vous revoir bientôt, je me sauve mes enfants m'attendent. »

Ça alors ! Quelle bonne surprise ! Cet après-midi tandis que tout le monde fait la sieste, je me remémore la vie de Micheline, oh je ne l'ai pas oubliée, pendant longtemps j'avais envie de pleurer en y repensant. C'est pas un roman de Zola mais ça y ressemble !

Je revois sans peine la petite fille que je comparais alors à un oisillon tombé du nid. Brunette, maigrichonne, l'œil noir et triste. J'étais terrorisée de savoir qu'elle logeait chez les sœurs, moi qui retrouvais ma famille chaque jour au retour de l'école. Ses parents étaient tuberculeux, un drame ! Il fallait surtout protéger les enfants pour qu'ils échappent à la maladie, encore très grave dans ces années-là. Micheline n'avait que six ans. Sa mère, son frère étaient soignés en sanatorium. À l'école, Sœur Simone lui donnait à cinq heures une tartine pour son goûter ; sur les ordres de Bonne Mère, elle devait avoir une tartine sans beurre, c'est-à-dire une tranche de pain sec.

Or, la brave sœur avait pitié de l'enfant et lui donnait une tartine beurrée : retourne-la ma petite Micheline pour que personne ne voie le beurre. Mais Micheline ne faisait pas toujours attention aux directives de sa bonne samaritaine. Un jour, voilà que l'œil de Bonne Mère (sans doute comme l'œil de Dieu qui voit tout…) se vrille sur le luisant du beurre. La pauvre sœur Simone prise en flagrant délit de désobéissance dut se mettre à genoux et demander pardon à sa supérieure. C'est Micheline elle-même qui fut témoin de cette scène surréaliste et pleura pour avoir fait commettre à la religieuse un péché. Pourvu que ce ne soit pas un péché mortel, dites, sœur Simone ?

Privée de ses parents, la petite fille, en mal d'affection, se jetait dans les bras de monsieur Crochet, l'instituteur de l'école des garçons, lorsqu'il venait rendre visite aux Sœurs de l'école. Pas de ça Lisette, disait Bonne Mère, en fusillant du regard l'instituteur.

Heureusement, la maîtresse mère Anne du Sacré-Cœur était gentille avec elle et ne manquait pas de l'embrasser le soir après la prière qu'elles récitaient ensemble au pied du lit.

J'ai encore le cœur gros rien que d'imaginer l'enfant qu'elle était alors. Comme j'aurai plaisir à la revoir parmi nous. Son visage épanoui me rassure, j'espère que l'épisode malheureux de son enfance est relégué loin dans sa mémoire.

Dimanche 28 mai

Quand un visiteur pousse la porte de la maison de retraite un dimanche, il ne rencontre que le silence, un immense hall vide, un rideau métallique tiré devant le guichet du secrétariat, sur les quelques tables un ou deux journaux abandonnés, les roses artificielles le paraissent plus que jamais, au plafond le ciel n'est qu'un trompe-l'œil, le silence sent la vieillesse, oui, je n'ai pas peur de le dire, si j'osais je dirais même qu'il sent la mort.

Bon, je ne vais pas crier ça sur les toits, je ne veux pas saper le moral de ceux qui sont encore en état de comprendre, car ne dorons pas le tableau, une quinzaine de pensionnaires ne sortent plus de leur chambre, certains ne quittent même plus leur lit, on les nourrit parfois comme des enfants. Les plus valides sont souvent invités chez l'un ou l'autre de leurs enfants. Pour moi ce n'est pas le cas aujourd'hui, avec cette longue fin de semaine, certains sont à la mer et ils ont bien raison, je les devine courant à l'assaut des vagues. Cette semaine ou dimanche ils me montreront leurs exploits sur leur smartphone, ils s'amusent en me disant regarde grand-mère, c'est un Marthe-phone !

Je reviens à mon récit sur Jean-Louis ; il a commencé à militer à la JOC à peu près à la même période que moi puisque l'abbé Christian était l'aumônier de tout le secteur qu'on appelait le Nord Vendée, et dans sa paroisse le vicaire Graton s'occupait des jeunes. Lui aussi est devenu président de l'équipe Nord Vendée et à ce titre, comme moi, a participé au fameux rassemblement de Rome en 1957, un rassemblement mondial qui a bouleversé nos cœurs de jeunes militants. Rencontrer des travailleurs de tous les continents, chanter ensemble la fierté d'être chargés de mission auprès de nos sœurs et frères ouvriers, quelle émotion et quel formidable aiguillon pour continuer d'avancer vers plus de justice, main dans la main.

Nous commencions à être très proches l'un de l'autre et notre complicité nous faisait apprécier nos rencontres, chacun racontait à l'autre ses efforts et ses actions pour la fierté de notre condition. En cette année 1957, je me souviens avoir entrepris avec l'équipe de

Grand-Bourg de rencontrer plusieurs patrons d'usines de chaussure et de confection. Nous sommes intervenus auprès de six entreprises pour soumettre le problème rencontré par les travailleurs. Les congés payés, à l'époque, duraient 3 semaines. Les entreprises fermaient à des périodes d'été différentes et notre demande était que les couples bénéficient de la même période de vacances, ce qui était souhaitable pour leur permettre de profiter pleinement de leurs congés. Nous étions reçus correctement et les patrons comprenaient notre désir de privilégier la vie familiale. Mais de là à ce que ce soit réalisable, il y avait un grand pas. Cependant, pour deux entreprises, un effort a été fait pour qu'au moins une semaine soit commune aux deux conjoints. Une petite victoire qui nous a fait chaud au cœur.

Arrive l'année 1960 et voilà que survient une demande insolite pour Jean-Louis : on lui demande de partir à Alger en tant que permanent de la JOC ! Il a été réformé en raison d'un ulcère à l'estomac et voilà que l'Algérie le rattrape malgré tout. Il accepte bien entendu, je n'ai encore rien à dire mais nous tenons l'un à l'autre alors nous décidons de nous fiancer avant son départ.

Les lettres remplacent nos rencontres et l'éloignement nous permet des confidences et des échanges différents. Pour lui, quel changement ! Après la Vendée si catholique, le voilà versé dans un monde où l'islam est prépondérant. Il faut s'adapter, faire un travail de fourmi, assurer une présence fraternelle, se dire que finalement, un jeune travailleur a la même valeur qu'il soit catholique ou musulman et que militer pour qu'il soit respecté, en Vendée ou dans le Constantinois, demande la même démarche et le même amour désintéressé.

Voilà en gros ce que j'ai retenu de son témoignage à travers les lettres qu'il m'adressait. Pendant les six mois précédant son retour en France, c'est à ce moment-là qu'il fut le plus plongé dans le monde ouvrier puisqu'il a travaillé à Alger dans un atelier de chaussures. Il me disait être dépassé par les enjeux politiques de l'époque. La veille de la déclaration de l'indépendance, en juillet 1962, avec un ami prêtre, au moment de quitter un village dans une vieille 2 CV ils furent arrêtés par un groupe d'hommes armés de bâtons. Oh ! la peur que nous avons eue. Le chef du village qui nous avait invités, lui-même faisant partie du FLN, a fait écarter la foule, à notre grand soulagement.

Enfin ce fut le retour au pays. Quelle joie pour nous deux :

— Plus de temps à perdre ma chérie, si on se mariait ?

— Oui, oui, et le plus tôt possible !

Je m'interromps pour regarder mon alliance, à l'annulaire gauche. À la main droite scintille le minuscule brillant de ma bague de fiançailles.

Lundi 29 mai

Les tricoteuses ont investi le salon de la maison de retraite. Les langues marchent aussi vite que les aiguilles. Je les admire. Elles sont là, comme une ruche, deux lundis par mois. Aux résidentes se mêlent les femmes venues de l'extérieur. Elles confectionnent écharpes, brassières chaussons ou bonnets. Leurs trésors sont embarqués ensuite jusque dans le centre de la France, puis répartis dans les villes ou les bourgs suivant les besoins. Ainsi des enfants démunis bénéficient des doigts de fée de nos tricoteuses.

Je ne tricote plus et pourtant Dieu sait si j'en ai fait des tricots au début de mon mariage, mes deux filles ont appris avec moi, c'était à qui ferait les plus beaux jacquards. Les points fantaisie ce n'était pas mon fort mais j'aimais me perdre dans les laines de différentes couleurs en me servant des doigts des deux mains ; il fallait de la concentration mais nous étions récompensées par la beauté du résultat. Je n'en ai plus la patience et sans doute la vue plus assez claire pour ça. Écrire est un autre plaisir et comme je dis parfois, le temps presse…

Je poursuis mon récit. Mon Jean-Louis est de retour, il doit reprendre le travail et décide de compléter sa formation. Le voilà donc encore parti.

— Tu comprends il me faut un vrai métier et voir autre chose, je vais partir à Romans dans la Drôme faire une formation pour adultes et me perfectionner dans la chaussure.

Bon, il va me falloir attendre encore. Moi, devenue piqueuse, je continue mon travail ; je suis en contact avec de nombreuses filles.

Thérèse a eu son bébé, un garçon qu'elle a appelé Jean-Jacques, ses amies sont allées un soir avec moi lui rendre visite ; le colis de layette que nous lui avons apporté l'a émue elle nous a avoué que cela lui rendait bien service. Elle est courageuse et deux ou trois fois par semaine, l'une de nous va passer quelques heures avec elle, le soir. Elle sait qu'elle peut compter sur nous. Ça lui permet de s'absenter pour les courses ou un rendez-vous chez le médecin ou le dentiste.

Finalement, mon amoureux revient de sa formation et cette fois on peut parler mariage. Toujours aussi incontrôlable, la grande goule de Louisette ne peut s'empêcher de troubler le paysage.

— Ben dis donc Marie-Marthe telle que t'es je suis sûre que t'aurais bien aimé que l'abbé Christian célèbre ton mariage. Tintin ! paraît qu'il file le parfait amour avec son institutrice là-bas dans la région parisienne personne ne sait qu'il est défroqué il s'occupe des mal logés avec un abbé qu'on a vu dans Paris-Match, bon ma vieille faudra te contenter de l'abbé Antoine tu perds pas au change lui y'a rien à lui reprocher ; l'autre t'imagines qui couche avec l'institutrice !!

Un peu de remous dans ma tête à l'entendre mais ça ne change rien c'est le passé et je n'envie même plus la place de Paulette. La page est tournée ; oui parfaitement, tournée ! Oubliée ? pas vraiment mais…

C'est un mariage joyeux, émouvant, la messe avec les chants jocistes et les jeunes nombreux dans la vieille église de Grand-Bourg. La fête pour les deux familles dans la salle du café de la place, les deux repas interminables, les chansons et les bans, la danse et les accordéons, les enfants qui courent entre les danseurs et les anciens qui somnolent sur les chaises. Un très beau souvenir avec les photos qui jaunissent doucement dans un album. Une nouvelle aventure commence.

Jeudi 1er juin

Le mois de Marie est déjà terminé. Oh je n'ai pas oublié de sortir la Vierge, une grande statue de plâtre blanc qui occupe le dessus de ma commode. Je l'avais posée sur un mouchoir brodé à mes initiales et renouvelé souvent les fleurs du petit vase en cristal placé devant. Naturellement, à la maison de retraite on a dit le chapelet tous les soirs dans la minuscule chapelle, un temps de repos et de méditation comme disait Marguerite autrefois quand nous allions au mois de Marie et aux vêpres dans l'église Sainte-Reine au Grand-Bourg.

— Ben moi les vêpres je trouve pas ça désagréable.

Une façon de prier qui en valait bien d'autres, après tout !

L'après-midi fut plutôt agitée et je trouve que ça donne un peu de piment à la vie ici. La maison de retraite c'est une mini-société composée de gens très divers. On n'est pas obligés d'être tous pareils et ça provoque parfois quelques frictions.

J'ai rejoint vers quatre heures quelques femmes installées dans le salon où elles pliaient le linge propre, lavé et séché. Je me contentais de les écouter puisqu'elles étaient suffisamment nombreuses, je crois qu'elles étaient huit. Dans le couloir on a vu passer Églantine Brin avec sa canne. Une jolie petite vieille, vêtue de rose ou de bleu ciel. Là elle avait un cardigan turquoise, assorti à ses yeux. Ses cheveux blancs légèrement gonflés et ondulés prouvaient qu'elle sortait du salon de coiffure de la maison. Antoinette a pris le temps de la regarder et se tournant vers nous, en minaudant « voilà madame Brin. Elle s'appelle Églantine mais dites-moi pourquoi le personnel lui donne du madame Brin par-ci, madame Brin par-là , elle fait un peu sa fière vous trouvez pas, ben faut voir sa chambre, une fois j'y suis rentrée lui donner une invitation, j'ai jamais vu ça ailleurs : des rideaux vénitiens bleu pâle devant sa fenêtre, une table ronde avec une nappe fleurie, un pot de fuchsias au centre, deux fauteuils avec des coussins brodés, une télévision trois fois plus grande que la mienne, un tapis, un dessus de lit en cretonne semée de fleurs des champs, non je vous jure, un vrai petit écrin, et elle au milieu, tout en rose, une poupée, mais attention une poupée avec des rides et un peu voûtée, à 90 ans on a pas besoin de faire toutes ces mines… »

Elle a eu un rire déplaisant et cruel. Sur le moment personne n'a réagi, chacune a gardé le visage penché sur les mouchoirs. Et puis Denise a émis une toux légère avant de lever les yeux sur Antoinette.

— T'as fini de te moquer, vieille folle, qu'est-ce qu'elle t'a fait madame Brin ? Si elle préfère qu'on l'appelle par son nom au lieu de son prénom elle a le droit. Elle était dans le commerce autrefois, fleuriste dans la région parisienne, es-tu jalouse ? Et toi qu'est-ce qui t'empêche d'arranger ta chambre ? Ah Madame a dans sa maison des coussins brodés pourtant ! Et pourquoi tu les apportes pas ici, hein ? Tu veux faire pauvre ?

— Dis donc j'ai le droit de faire ce que je veux oui j'ai au moins quatre beaux coussins brodés par les dames qui font partie des

A.V.F. (Accueil des Villes Françaises) Elles les vendent au téléthon et j'hésite pas à leur en acheter un tous les ans, mais les apporter ici, dans cette maison où y'a des voleuses, pas question.

D'une voix douce, comme à son habitude, Éliane réplique :

— Alors tu préfères nous faire asseoir à la dure sur tes sièges de jardin en plastique blanc, merci bien, ce serait quand même plus sympa chez toi avec ces beaux coussins.

Andrée rétorque, sans rire :

— Fais donc comme tu veux, peut-être que tu les gardes en réserve pour mettre dans ton cercueil, ce sera plus confortable pour le Paradis.

Tout finit sur un éclat de rire et tout bonnement, calmées, les femmes se sont remises à plier le linge. D'un air innocent j'ai ajouté :

— Tiens, l'animatrice a demandé à madame Brin de nous lire dimanche après-midi, à l'heure du goûter, le poème qui lui a valu l'année dernière un prix à Montaigu au concours du plus beau poème sur l'Amitié. À demain.

J'ai remisé ma Vierge de Lourdes dans le placard que je ne peux atteindre qu'en montant sur un escabeau. J'attendrai un an pour la ressortir mais avant, je descendrai ce carton, là, noué d'une faveur rose. Dedans, les personnages de la crèche. Même que je n'ai pas beaucoup de place, je donnerai à ma chambre un air de Noël avec les personnages en plâtre qui ont fait les délices de mon enfance.

Ce soir le temps est presque estival. Avec ma voisine de chambre, nous irons passer un moment sur la terrasse où j'aurai poussé son fauteuil, nous regarderons le soleil se coucher. J'aime quand nous finissons la journée sous le ciel, à regarder les toits de la ville, le clocher carré éclairé par le soleil couchant. Inutile de parler, nous laissons les souvenirs nous imprégner. Parfois elle me demande :

— À quoi penses-tu ?

Je ne réponds pas mais je souris en silence.

Vendredi 2 juin

Juliane a mon âge, elle vit toujours seule dans sa maison au village des Grenouillères, elle vient à la maison de retraite de temps en temps où elle fait partie de l'équipe qui fait chanter les pensionnaires, c'est elle qui a imaginé de faire imprimer les chansons de notre époque, on les a reliées et les résidents qui veulent chanter ont leur cahier à spirale. Un après-midi par semaine, le mardi, le grand salon où se tiennent les animations se transforme en salle de chorale. On y passe en revue une vingtaine de chansons ; certains les connaissent par cœur, d'autres ravivent leur mémoire à l'aide des pages imprimées.

Quelquefois entre les chants fusent des anecdotes.

— Moi je me souviens que j'ai chanté le petit vin blanc à la noce de ma cousine, j'étais intimidée mais tout le monde connaissait le refrain alors tout s'est bien passé.

— Moi, dit Albert, c'est la chanson de la mariée qui me revient, mon oncle Xavier la chantait à chaque repas de noces et ça faisait pleurer les anciens, même la mariée essuyait une larme avec son mouchoir brodé.

Une autre :

— Quand tonton Pierre avait bu un petit coup il entonnait J'ai rêvé cette nuit… Tante Clémence se battait pour le faire taire parce qu'il y avait un peu de grivoiserie dans les couplets, mais bon, ça faisait rire les convives, y avait pas de quoi fouetter un chat.

Juliane est venue porter des cahiers de chants cet après-midi, je l'ai invitée à prendre un café dans ma chambre. Comme nous toutes, elle adore parler de sa jeunesse, se rappeler le parcours d'ouvrière qui a jalonné sa vie. Dans le village elle vivait dans une famille nombreuse, maison vétuste, pas très grande, parents métayers, elle est la première-née de la maison. Après elle six autres enfants complétèrent la maisonnée. L'année où vu son âge elle aurait dû passer le certificat, la « hiérarchie » a décrété qu'il fallait donner la priorité aux pensionnaires de l'école si bien que Juliane fut renvoyée à l'année suivante, pas facile pour elle car avec la naissance de son frère, sa présence auprès de la maman fut nécessaire et elle manqua tout le premier trimestre, ses parents avaient négocié avec la religieuse et elle obtint son certificat élémentaire, celui qu'on passait dans l'enseignement catholique.

— Oui, ma mère a eu sept enfants alors moi l'aînée, et fille par-dessus le marché, fallait pas penser rester plus longtemps à l'école, y avait tellement à faire avec une trâlée de gamins alors j'ai pas eu le choix, moi qui rêvais de travailler à l'usine comme mes copines, eh bien je suis restée à la maison aider ma mère. Je me suis beaucoup occupée de mon petit frère, je lui faisais manger sa bouillie, ça devait être de la Blédine et comme il en avait trop, je mangeais bien une cuillérée sur deux.

Dès mes 18 ans, vole pie ! me voilà embauchée à l'usine de chaussures B. J'ai pas trop aimé mon travail, du rempliage c'est pas intéressant, je me rappelle de Georges un homme beaucoup plus vieux que moi, lui il mettait des contreforts aux brodequins et y fixait les œillets et les crochets. Malchance, un incendie a ravagé l'usine, alors après j'ai été embauchée à Malivent dans la confection, je me rappelle, on pointait en mairie et le patron nous embauchait c'était facile. Là par chance j'ai appris à piquer, on faisait que de la chemise. On partait de Grand-Bourg en car et moi je me rendais au car avec mon vélo.

On travaillait même le samedi, y avait du travail mais quand j'ai été invitée à un mariage j'ai été au bureau demander ma journée, c'était important les noces d'une copine, comme on était une dizaine de filles invitées, c'est moi qui suis allée demander pour tout le monde. Ben pour ça j'ai été mise à pied quelques jours parce que, soi-disant, j'avais parlé comme une déléguée alors que j'en étais pas une, d'ailleurs ça n'existait pas dans l'usine à l'époque. Passons.

Après je suis retournée dans la chaussure chez celui qui a repris la boîte qui avait brûlé. Et là je suis devenue piqueuse, de 1961 à 1963. Cette fois, le monde ouvrier évoluait et comme j'étais dans la JOC, on m'a sollicitée pour monter un syndicat.

C'était pas rien, personne voulait suivre, faut pas oublier que beaucoup d'ouvriers et d'ouvrières venaient du milieu de la campagne, c'était pas dans les habitudes. Le patron fallait le respecter et pas créer trop de remous, déjà beau de trouver du travail et de gagner sa croûte ! On faisait alors dix heures par jour. Mais le fait de militer dans la JOC nous aidait pour prendre des responsabilités, on avait pas peur.

— Tu vois Marie-Marthe, j'aime bien me rappeler tout ça, mes petits-enfants ont du mal à imaginer ma vie, y en a une qui me dit mais Mamie t'étais au Moyen-Âge.

Quand j'ajoute que le jour du vendredi saint le contremaître arrêtait les machines pendant trois minutes à trois heures de l'après-midi pour qu'on se recueille à la pensée de Jésus mourant sur la Croix, elle ouvre de grands yeux et s'exclame « Génial !! » Je ne sais pas trop comment je dois interpréter son exclamation !

En sirotant notre café avec les petits-beurre, on évoque encore la fête foraine du mois de mai et les quelques films qu'on pouvait se payer dans l'année. Les jeunes de la JOC se mêlaient à ceux de la JAC (Jeunesse Agricole Chrétienne) quand ces derniers se produisaient en spectacle aux Coupes de la Joie ou à la Fête de la Terre à l'origine d'inoubliables rassemblements avec mouvements d'ensemble exécutés par des centaines de jeunes en uniforme !

— Ah ! Marie-Marthe, comme on en garde de bons souvenirs.

Oui, Juliane, de bons souvenirs et une bonne formation à notre vie d'adulte. On pouvait relever la tête avec fierté et marcher vers l'avenir avec force et détermination.

Dimanche 4 juin

Fête de Pentecôte ; j'ai assisté à la messe à la résidence des prêtres. La couleur liturgique, rouge, était éclatante, en harmonie avec le vert fringant des arbres du parc.

Autour du château, les plus anciens arbres, les allées les plus secrètes, les taillis et les vieux houx, tout me rappelle ma jeunesse. C'est ici que nous conduisaient les religieuses les jours de « patro » pour des jeux passionnants : parties de ballon, messages à trouver et déchiffrer, cache-cache, poursuite entre les missionnaires et les sauvages (ces derniers à baptiser par les premiers, coûte que coûte, pour leur bonheur éternel). On y venait aussi pour les célébrations lors des rassemblements d'Âmes Vaillantes et de Cœurs Vaillants ; plus tard, on y faisait des récollections, dans le cadre de la JOC pour se ressourcer.

Et puis, quelques jours avant notre mariage, Jean-Louis et moi, un après-midi au calme en contrebas dans la prairie, je nous revois en train d'élaborer nos projets d'avenir.

Loin d'imaginer le chemin qui nous attendait. Du monde ouvrier, passer soudain de par la volonté d'un ancien militant de la JOC de l'autre côté de la barrière.

Car changer de statut était bel et bien franchir une barrière. Tous les deux nous étions conscients que passer de l'état d'ouvrier à celui de patron était une sacrée aventure. Il nous faudrait être acceptés à la fois du monde ouvrier et de celui des entrepreneurs. Certes, nous avions l'expérience de la condition ouvrière et restions persuadés que respecter les travailleurs était primordial. Mais nous allions apprendre en même temps les lois du marché et les contraintes qu'elles nous imposeraient. Conscients que nous aurions souvent l'impression d'être assis « entre deux chaises ».

Avant ce changement de vie, sitôt notre mariage en 1963, nous sommes partis en Charente où mon jeune mari était embauché comme chef de fabrication dans la chaussure. Nous y sommes restés cinq ans pendant lesquels sont nés nos trois enfants. Ces années ont permis à Jean-Louis de maîtriser tous les stades de la fabrication et d'acquérir assez d'expérience pour se lancer à son tour. Nous sommes revenus en Vendée où nous avons créé notre entreprise. Le plus facile était de s'installer comme sous-traitants, pas de collection à créer, pas de clients à chercher, on pouvait démarrer à six ou sept ouvriers et ouvrières.

On a commencé avec des gens de la famille qui avaient déjà l'expérience de la chaussure. Il n'a pas fallu beaucoup de temps avant d'atteindre le nombre de 35 personnes à la production. Il faut dire que le personnel venait avec confiance, sachant que nous avions, l'un et l'autre, réfléchi au sein de la JOC. Ce ne fut pas cependant une coopérative que nous avons créée, mais une entreprise traditionnelle. Le dialogue s'instaura rapidement et ce n'est que plus tard – l'entreprise ayant multiplié par dix le nombre de ses travailleurs, donc une direction faite de plusieurs personnes – que se mit en place un syndicat.

Mardi 6 juin 2017

Puisque j'ai parlé l'autre jour d'Églantine Brin – à moi seulement elle a demandé que je l'appelle par son prénom, ce que j'ai accepté avec joie, je trouve qu'Églantine lui va très bien je me demande même si elle n'a pas choisi sa profession en raison de ce nom de fleur – peut-être bien voyez-vous on m'a toujours dit que notre prénom nous marquait à notre insu est-ce que vous y croyez aussi Marie-Marthe ? Naturellement que j'y crois puisque chez moi Marie et Marthe se bagarrent continuellement.

— Oh ce n'est pas rien ma pauvre, mais c'est sans doute pour ça que je vous vois si forte avec un caractère bien trempé.

Admettons !

Donc dimanche dernier, nous avions un spectacle lecture dans la salle qui possède un podium. Marion est épatante, avec l'aide des deux hommes de l'entretien et d'un infirmier, elle avait aménagé l'estrade en théâtre, avec un rideau rouge, quelques plantes vertes, des coulisses et un électrophone.

Une dizaine de résidents avaient accepté de se produire sur scène, ce fut une belle après-midi. Les fables de la Fontaine, apprises à l'école, ont été déclamées avec une diction parfaite, rien de tel pour la mémoire. De petites saynètes ont transformé quelques grands-pères et grand-mères en amoureux de première jeunesse. Des chansons d'autrefois ont été chantées en groupe, j'en faisais partie, la brave Marion avait même déniché un clavier et Gaston, musicien à ses heures, s'est mis à jouer les airs sur lesquels nous chantions. Églantine a récité plusieurs poèmes dont celui qui avait été primé. Il était si émouvant que j'ai vu quelques « dures à cuire » essuyer une larme, j'ai jubilé de voir Antoinette sortir son mouchoir. Et figurez-vous qu'après la séance elle est allée embrasser Églantine. Miracle je vous dis !

Hier, le personnel était réduit à cause du lundi de Pentecôte. Des résidents étaient sortis en famille. Un couple d'amis m'a fait la surprise de passer me voir.

— Mais oui, on a un oncle retraité à la maison des prêtres on fait d'une pierre deux coups. Et puis avec toi on a envie de parler un peu de notre jeunesse.

J'ai appelé Étienne qui a connu autrefois Gérard.

— Te souviens-tu de nos rencontres à la JOC ? (c'est Gérard qui parle) Ah les jeunes d'aujourd'hui, si on les poussait plus vers l'apprentissage, tout le monde est pas doué pour les études et y'a des patrons qui s'arrachent les cheveux parce qu'ils ne trouvent pas d'apprentis ! C'est dingue ça, tu ne crois pas ? Moi à 14 ans j'entrais chez un mécanicien qui réparait des vélos, trois ans d'apprentissage, te rends-tu compte ? Ça payait pas mais en attendant j'ai appris un métier, un vrai, avec un EFA au bout (examen de fin d'apprentissage) après, ça roulait pour moi. Mais pas de chance, j'ai eu un gros pépin de santé. Mal au genou, c'était pas normal et ça durait, voilà qu'on me trouve une tuberculose osseuse, quelle tuile. Pendant que les copains faisaient leur service militaire, moi j'étais sur le lit. Pas le moral. J'ai bien vu que je pourrais pas garder mon métier alors pas le choix, fallait trouver un boulot assis. Je me suis mis à apprendre la comptabilité, ça changeait du tout au tout mais fallait bien que je travaille. Faut pas croire que parce que j'étais assis je fichais rien. 14 heures par jour mon bonhomme, le nez dans les registres et tout à la main, même que j'ai attrapé la crampe de l'écrivain ! ah ah ah.

On rit en chœur pendant qu'on déguste notre café avec de la brioche.

— Puis un jour y a eu des licenciements dans la boîte où je travaillais (pâtisserie industrielle) ça fiche un coup de recevoir une lettre de licenciement. Surtout que ça donnait droit à rien du tout ! Dans le privé c'était pas comme à la SNCF ou à l'EDF, là y avait des droits. Mais bon, je m'en suis sorti quand même j'ai continué à militer dans le monde ouvrier, c'était l'ACO pour les adultes (action catholique ouvrière) après la JOC.

Ça nous fait plaisir d'entendre évoquer la vie ouvrière de notre époque. Pendant que les hommes parlent entre eux de bénévolat, nous les femmes, nous évoquons notre parcours ; Marie-Hélène qui travaillait comme employée de maison (nous nous étions battues pour faire adopter cette qualification au lieu de la bonne à tout faire qui écorchait nos oreilles et notre sensibilité) a dérouillé sur le plan santé.

— Péritonite, vésicule biliaire, dépression, tout s'est acharné sur moi, mais petit à petit j'ai vu le bout de mon calvaire, on a pu faire construire une maison dans un quartier populaire de La Roche, avant nous étions locataires, alors je me suis passionnée pour aménager ma maison, ça m'a fait du bien. Tu vois, maintenant, on est en retraite, on s'occupe toujours de l'association d'aides familiales, on va pas rester à rien faire, à regarder pousser nos rosiers. On est bien.

Ils sont repartis heureux, comme moi, d'avoir passé ensemble quelques heures. Flotte dans mon salon l'odeur des roses de leur jardin, comme un parfum de tendresse.

Dimanche 11 juin

Jour de vote, il y avait aujourd'hui du branle-bas dans les maisons de retraite car un bureau de vote était installé dans chacune des résidences de Grand-Bourg. Ça faisait une belle animation au rez-de-chaussée et le meilleur point d'observation était le banc installé à l'ombre près de l'entrée ; nous nous y sommes installés un moment avec Antoinette et avons eu le plaisir de revoir des visages connus qui ne viennent pas tous les jours ici !

Nous avons eu ainsi la visite de Suzanne, pensionnaire aux Coquelicots, une autre résidence de Grand-Bourg. D'une vitalité incroyable, elle est déléguée des résidents auprès de la Direction et je peux vous dire qu'elle n'a pas la langue dans sa poche !

Question repas elle ne laisse rien passer :

— En cette saison comment expliquez-vous que les pêches ou les abricots soient durs comme pierre ? Vous ne pouvez pas les avoir juste mûrs et juteux, les sortir de chambre froide à temps ? Non mais c'est lamentable, songez Mesdames et Messieurs qu'à notre âge, la table est l'un des rares plaisirs qui nous restent ? Y pensez-vous quelquefois ? Alors, rogner là-dessus et tirer sur les menus, ce n'est pas bien, c'est moi qui vous le dis ! On paye assez cher alors on a le droit d'attendre que la nourriture soit bonne, enfin ! Où c'est qu'ils ont appris la cuisine vos cuisiniers ? Je vous le demande ? Et la bibine rouge en carafe, c'est quoi ? Personne ne nous dit le nom de cette fichue piquette, c'est pas croyable ! Enfin ma chère Marie-Marthe, c'est pas que je sois difficile, j'ai été élevée à la dure, j'ai soigné mes parents l'un après l'autre et je peux te dire qu'y avait pas de sous en rab' à la maison. Mais jamais j'aurais donné à mes père et mère – Dieu ait leur âme – la nourriture qu'on me donne aux Coquelicots, on a beau nous faire chanter « gentil coquelicot mon âme », tiens, le coquelicot je me le mets où tu penses. Ah, on m'a nommée déléguée parce qu'on pensait qu'avec mes 93 ans je la fermerais, aurais-je la bonté de participer et de me faire la porte-parole des résidents, oh Suzanne vous êtes proche de tous ici et tout le monde vous fait confiance ! Ben y se sont bien trompés, je les laisserai pas tranquilles. D'abord je transmets toutes les réflexions qu'on me fait à moi et je dois en référer aux responsables, je les entends d'ici :

— Vieille râleuse, c'est elle qui dit aux autres de ronchonner et de réclamer, vivement que la vieille elle débarrasse le plancher. Y savent pas que j'ai fait de la JOC moi aussi, mais oui Marie-Marthe, la JOC au Grand-Bourg a existé bien avant que tu viennes au monde, parfaitement, la JOC pour les garçons et la JOCF pour les filles. C'était le début des ateliers de confection, de tricot et de chaussure, nos actions étaient encore timides mais il faut dire qu'il n'était pas encore question de rendement et qu'on pouvait chanter en travaillant, mais dès cette époque, on prenait conscience qu'on devait être fiers de notre travail et tu ne le croiras peut-être pas mais c'était normal de chanter dans l'église Sois fier ouvrier ; tu comprends, j'étais à bonne école et aujourd'hui j'ai plus peur de ruer dans les brancards quand il s'agit de parler au nom de ceux qui n'ont jamais élevé la voix et tout subi dans leurs vies…

Je crois avoir retransmis à peu près la totalité du discours que nous a tenu Suzanne et je ne sais pas si ceux qui liront ce journal me croiront : non seulement Suzanne a un sacré bagout mais elle s'habille jeune, pantalon blanc, chemisier rose, écharpe fleurie. Ses lunettes sont en écaille marron et soulignent ses yeux myosotis. Elle se tient droite et en impose avec son air assuré et avenant. Elle a travaillé à la bonneterie de la ville où l'on fabriquait des gants et des chaussettes, puis elle est devenue remmailleuse de bas lorsque le nylon a fait son apparition. Parfaitement, les premiers bas nylon coûtaient cher et il n'était pas question de les jeter dès qu'une maille filait. Ça lui permettait, à Suzanne, de travailler chez elle et d'être présente à ses parents à la santé précaire.

Elle m'a rappelé avant de partir une anecdote qui m'a émue. Ton père, oui ton père, Marie-Marthe, il venait à la maison nous livrer du bois de la scierie où il travaillait. Il me voyait devant le serre-bois de chez nous, j'avais peut-être quatorze ans et ça lui faisait de la peine de penser que je devrais toute seule me coltiner le rangement des bûches, alors il restait un moment pour le faire avec moi en disant ma pauv' petite j'vais pas te laisser faire ça toute seule, c'est pas un boulot de fille. Tu sais je n'ai jamais oublié, ton père avait de la compassion pour nous, ne l'oublie pas.

C'est sur cette image que je finis ma journée ; un beau dimanche ensoleillé qui aurait bien mérité, du temps de mon enfance, la chanson fétiche de mon papa chanteur « Viens le soir descend, l'heure est charmeuse… »

Mardi 13 juin

La maison s'est transformée en ruche aujourd'hui. Au rez-de-chaussée on jouait au loto, ce jeu draine une bonne partie des résidents. Je n'y vais guère, je préfère mes partenaires de Scrabble ou de la revue de presse, mais vraiment il y en a pour tous les goûts. À l'étage, les tricoteuses avaient investi la salle où se servent les repas quand on a des invités. J'y ai passé un moment parce que ça jacasse et pour apprendre les nouvelles, c'est là qu'il faut aller, Ouest-France à côté, ce n'est rien du tout.

Ici les nouvelles locales s'égrènent et on ne peut ignorer le dernier enterrement, animé :

— Pensez donc, par des femmes maintenant – les prêtres ne veulent plus rien faire, ils sont toujours en réunion par-ci par-là (la râleuse).

— Ben moi je trouve que les sermons de Marie-Jo sont très intéressants, ils ne planent pas cent mètres au-dessus de nos têtes (la moderne).

— Quand même, j'en vois une bien souvent qu'est-ce qu'elle est mal habillée, toujours en pantalon qui lui moule le ventre, même pas de veste par-dessus, c'est pas beau à voir (l'élégante).

— Quand je vois la Jeannette faire sa bigote les yeux baissés et la voix douce, ah çà quelle hypocrite elle a oublié comment elle dansait autrefois avec les garçons c'était frotti-frotta ça je peux vous le dire, moi j'allais au bal qu'avec mon fiancé et on savait se tenir (la coincée).

— Moi j'aime bien celle qui remplace le sacristain elle a du genre et s'habille toujours très bien, sans flafla, en gris ou noir avec un chemisier blanc impeccable, elle a de la classe (la bonne copine).

En y réfléchissant, je constate que les femmes ont complètement pris leur place dans la liturgie et les célébrations à l'église, comme dans la catéchèse, comme dans la chorale. On leur refuse juste le droit de célébrer l'Eucharistie et d'entendre les confessions. L'abbé Yvon, l'aumônier de la maison, pense que ce n'est qu'une question de quelques années, c'est en bonne voie dit-il, quand on voit à quelle vitesse baissent les vocations.

Maintenant il faut que j'évoque à nouveau Jean-Louis ; je ne l'oublie pas et je souhaite que son souvenir reste vivant chez mes proches et ceux qui l'ont connu. D'autant plus que ma vie avec lui fut comblée. Oh les soucis ne nous ont pas manqué ; chef d'entreprise n'est pas de tout repos. Je l'ai épaulé de nombreuses années et si notre souci était d'assurer une vie décente à nos ouvriers et ouvrières, les difficultés ne nous ont pas été épargnées ; la concurrence fut rude entre les entreprises qui fabriquaient les mêmes articles que nous.

Vint le temps où les marchés s'ouvraient aux pays étrangers. Et quand nombre de nos collègues se furent décidés à faire une partie de leur production dans les pays à bas salaires (au Maghreb ou dans les pays asiatiques), il nous a fallu nous aussi et bien à contrecœur nous résoudre à délocaliser une partie de notre production. La contrepartie n'était pas difficile à imaginer : la production faite en pays de bas salaires menait inéluctablement à des licenciements sur le sol vendéen. Difficile de résoudre l'équation : disparaître parce que les clients trouvaient nos chaussures trop chères et se tournaient vers la concurrence – ou fabriquer à moindre coût à l'extérieur ce qui entraînait inéluctablement des licenciements ici chez nous.

Des nuits blanches nous attendaient. Quelle solution la plus humaine privilégier ? Fallait-il essayer de sauver des emplois au prix de licencier du personnel auquel nous étions attachés ? Sinon, devions-nous accepter une fermeture complète, dans ce cas les salariés resteraient tous sur le carreau ? Nous faisions partie d'un groupe de jeunes entrepreneurs et d'un mouvement, le CJD (Centre des Jeunes Dirigeants). Un de nos amis, prêtre dans la paroisse, venait parfois à nos rencontres et nous aidait à réfléchir. Ce fut avec un serrement de cœur que nous fûmes conduits à licencier une partie du personnel de production ; une des périodes les plus dures de notre vie.

Notre fils Alain était parti à Casablanca diriger la production dans un atelier appartenant à un Marocain, quant à notre fille Marie, elle ne s'est jamais investie dans l'entreprise, préférant se former comme styliste dans la mode et l'habillement. Ses qualités la conduisirent à travailler dans la haute couture à Paris où elle exerce toujours et avec passion. Christine choisit d'être éducatrice auprès de jeunes handicapés. Elle n'a pas voulu quitter la Vendée.

À part les périodes où je m'occupais de mes enfants d'âge scolaire et m'investis dans les groupes de parents d'élèves et de catéchèse, je secondais mon mari dans l'entreprise, passant du secrétariat à la comptabilité, de la gestion des stocks aux relations avec les clients. Avec Jean-Louis nous travaillions main dans la main et partagions notre enthousiasme comme nos soucis. C'est quand notre fils put reprendre la direction de l'usine que nous avons décidé de lui laisser les rênes. Nous pouvions, espérions-nous, profiter de bonnes années avec des soucis en moins et du temps en plus, car nous avions travaillé sans relâche, profitant à grand-peine de quinze jours de congés en été, et vers la fin de notre carrière, d'une autre quinzaine l'hiver.

Nous étions prêts à profiter des amitiés d'autrefois et de nos six petits-enfants. Je ne veux pas évoquer la suite ce soir. Il fait si beau que je vais goûter la fin du jour sur la terrasse d'où l'on entend la rumeur joyeuse des bistros du centre-ville.

Samedi 17 juin

J'ai ouvert ce cahier pour remonter dans le passé, écrire mon chemin pour les curieux qui viendront après moi. J'avais seulement l'intention de raconter, de me faire la conteuse de mon enfance, de ma jeunesse, des étapes de ma vie. Et voilà que je me mets à écrire le quotidien, à éplucher les journées qui se déroulent, 24 heures après 24 heures, comme on épluche une pêche pour en découvrir le parfum et le juteux. Alors épluchons…

La vie dans une maison de retraite peut sembler sans histoires, des heures qui succèdent aux heures suivant le même emploi du temps, les mêmes rites, mais je découvre chaque jour qu'il y a mille choses à observer dans cette micro-société, dans les échanges entre la jeunesse des employés et l'âge respectable des résidents, ceux de 75 ans faisant figure de jeunots au regard des presque centenaires ! La cohabitation entre toutes ces personnes est à l'image d'une rue, d'un bourg ou d'un village. Se côtoient tous les genres, les sympathiques et les rudes, les chanceux avec ceux qui pleurent leur conjoint ou l'un de leurs enfants, parfois même des petits-enfants que la route ou la maladie a fauchés bien trop tôt.

— Ah ma pauvre dame, on choisit pas ses malheurs, allez, on peut que pleurer et accepter, même si la vie a perdu sa saveur.

On ne voit plus Juliette à la table de la salle à manger, depuis quelques semaines elle reste à la chambre, entre le lit et le fauteuil, allant « du fauteuil au lit et puis du lit… au lit », la chanson de Jacques Brel illustre la fin de vie des « vieux ». La porte de sa chambre est toujours ouverte pour qu'elle ait, je pense, la rumeur de la vie qui arpente les couloirs et qu'elle puisse entendre quelques éclats de rire au passage des jeunesses.

Je suis passée lui dire bonjour, à la fin du repas que lui donnait, à la cuiller, la jeune Angélique. La main décharnée bleuie de veinules reposait sur une poupée aux yeux mobiles, vêtue d'un pyjama bleu ciel. Une présence à portée de sa main. Or, Juliette n'a jamais été mariée, n'a pas connu les joies de la maternité. Par contre, elle fut une institutrice extravagante, portée sur la danse et les chants, précurseur en matière de vacances : c'est elle qui a lancé les camps pour adolescents, la première à leur faire découvrir les vacances loin du cocon familial, à la montagne ou au bord de la mer.

Les comptines n'avaient plus de secrets pour elle, elle les connaissait toutes et les faisait apprendre, avec enthousiasme, à ses chers « colons ». Elle préconisait même de faire quelques pas de danse lors des célébrations liturgiques. Ce qui d'ailleurs est maintenant une réalité puisque, avec la communauté africaine, la danse des offrandes au cours de la messe est devenue habituelle, accompagnée de chants hauts en couleur que l'assemblée des fidèles reprend en chœur.

Je lui ai dit mon nom : Juliette, c'est Marie-Marthe, elle a ouvert les yeux qui ne voient plus grand-chose hélas et m'a adressé quelques mots incompréhensibles. Doucement, j'ai commencé à chanter « la feuille d'automne, emportée par le vent… » alors, avec un sourire sur les lèvres et une lumière dans les yeux, elle a continué, seule « en ronde monotone, tombe en tourbillonnant ». J'ai lancé les premiers mots du couplet « châtaignes dans les bois – elle a continué d'une voix claire « se fendent, se fendent, châtaignes dans les bois se fendent sous nos pas ». Elle a enchaîné toute seule le refrain puis a conclu « oh comme c'est beau ». Et, reprenant son « bébé » contre elle, elle m'a dit « merci – je sais plus ton nom – tu reviendras ? » Oui, Juliette, je reviendrai avec les recueils de chants que tu m'as donnés un jour, il y a longtemps, sachant mon goût pour ces petits livrets jaunis, noircis de notes de musique et de dessins naïfs.

Francine Cockenpot est ainsi passée à la postérité avec ses chants de marche, ses chansons sur les saisons, la mer, la montagne. Ils font encore les délices des écoliers sur les cours de récréation, mais qui se souvient encore de cette femme du Nord, parolière virtuose qui a fait chanter des générations d'enfants de France ? Je vais soumettre l'idée d'ajouter quelques-uns de ces chants au cahier qui alimente le programme de la chorale de la maison.

Mercredi 21 juin

Et voilà revenue la fête de la musique. Je n'ai rien écrit ces derniers jours où nous avons souffert de la grosse chaleur. Le personnel était mobilisé pour qu'aucun des résidents ne fasse de malaise. On a été sages et le ballet incessant des bouteilles d'eau nous a évité la déshydratation. On a quand même aujourd'hui fait honneur à la musique et aux chansons. Une partie des élèves de l'école de musique de Grand-Bourg est venue nous donner un concert en fin d'après-midi.

Voilà donc ouverte la saison d'été, le temps des fruits et bientôt des moissons. Les étés de mon enfance me reviennent en mémoire. Temps bienheureux des vacances, des premiers bains de mer, des goûters au bord du ruisseau et de la cueillette des cerises. Le temps des promenades, des lectures sous les chênes, des parties de ballon dans les prés. Et de ces camps au bord de la mer où une équipe de la JOC apportait présence et amitié aux jeunes qui « faisaient la saison », dans les bistros, les campings ou les commerces de la côte. De longues journées de travail et des conditions de logement très peu confortables, mais quand on a besoin de gagner un peu d'argent et d'apporter son écot dans une famille peu argentée, on accepte ce boulot sans broncher. Pas de temps libre sur la semaine mais, le dimanche soir, on organisait des rencontres sur la plage ou dans le local de l'école qui nous était prêté. Un moment d'échange et d'amitié nous permettait de tisser des liens et de réfléchir à la vie des saisonniers.

L'été ne me rappelle pas que de bons souvenirs, c'est au cours d'un mois d'août, il y a maintenant 20 ans que mon cher Jean-Louis a quitté ce monde. Il était encore en pleine activité, s'était même engagé depuis plusieurs années dans la profession comme président d'un groupe de réflexion et d'études à l'intention des employeurs dans le domaine de la chaussure. Un malaise cardiaque sur la route, hospitalisation d'urgence. J'étais à ses côtés lors d'une seconde crise, la nuit suivante. Il avait eu le temps de me dire « ça va aller, je vais me remettre, ne t'en fais pas… ». Mais il est parti, me laissant désemparée, ainsi que les enfants. Une étape de notre vie se terminait et j'ai eu l'impression, soudain, que les années avaient passé aussi vite que l'éclair, j'avais une furieuse envie de tout reprendre à zéro pour mieux goûter ce livre de vie aux pages déjà refermées.

Jeudi 22 juin

Il faut que je revienne ce soir sur les débuts de la JOC – JOCF qui remontent à 1955 et à mon carnet de militante. Si je n'avais rien noté à cette époque, beaucoup de détails auraient basculé dans l'escalier du temps qui engloutit les souvenirs.

La première rencontre se tient au local des jeunes, près de la cure. Après le souper, ce soir frisquet de janvier, ils arrivent équipés de canadiennes, de châles et de bonnets ou passe-montagnes. Nous sommes quatorze. Parmi nous tous, Antoinette, Simone, Bernadette, Gérard, Claude, Julien…

Nous nous connaissons depuis les bancs de l'école, aujourd'hui certains se retrouvent à l'usine, d'autres au cinéma, au foot ou aux kermesses. Ils disent « copains pour toujours ».

Autour de la table, le démarrage est timide. L'animation vient vite, sitôt que l'abbé Christian aborde le sujet du travail. Il a dit : parlez de votre boulot ; plus tard je parlerai des pionniers à l'origine du mouvement chrétien ouvrier, les pères Cardjin, belge et Guérin, français. Alors ils se lancent. Entre Gérard le maçon, Claude l'ouvrier en chaussure à la chaîne et Julien le travailleur attelé à l'énorme machine à débiter les planches, il y a de gros écarts de conditions de travail.

En retrait d'abord, Jean s'immisce dans le débat.

— Vous me faites rire les gars. De quoi vous plaignez-vous ? Vous croyez vraiment qu'on a à se plaindre ? Dédé mon cousin qui travaille dans le Nord est à la mine. J'vous dis que c'est autre chose. Lui et ses copains y z'ont de quoi se battre je vous jure.

— D'accord Jean mais on a tous le droit d'être respectés. Quand on bosse 10 heures par jour, 5 jours et demi par semaine, qu'on a juste droit à 7 minutes pour le casse-croûte du matin et qu'on fait le même geste toute la journée comme moi à pousser des planches, tout ça pour un salaire de misère ?

— Moi j'connais une arpète qui fait le même boulot que nous à la boîte. Toute la journée elle badigeonne de colle les semelles de godasses, ça sent l'acétone à plein nez, tu verrais ses mains à la fin de la journée ! Pour pas faire pitié elle les cache sous des gants mais ça soigne pas les doigts crevés !

— J'ai pas à me plaindre, dit Antoinette, parce que je suis avantageuse mais ma voisine va pas aussi vite que moi, elle a du mal à remplier toutes les chaussures qui passent sur la chaîne devant elle, je la vois s'énerver des fois elle pleure qu'est-ce que tu ferais toi hein ? Je lui donne un coup de main pour qu'elle suive, on est payées au rendement alors tu penses !

Jean ne semble pas convaincu. Il a écouté sans interrompre personne.

L'abbé Michel, aumônier pour tout le Nord Vendée prend la parole :

— Eh bien voilà de quoi réfléchir. Votre vie à tous est riche de vos différences et n'oubliez pas que l'âme d'un jeune travailleur vaut plus que tout l'or du monde.

Il nous encourage à rester à l'écoute de nos camarades de travail et nous donne des pistes de réflexion : voir – juger – agir, voilà ce que le mouvement nous propose pour ne pas décoller de la réalité quotidienne.

En relisant mes notes, le souvenir me revient de cette première réunion. L'abbé Christian, enthousiaste et si proche de notre vie, accepte de nous accompagner. Sa foi est contagieuse et à partir de ce soir-là, filles et garçons du Grand-Bourg s'engagent auprès de leurs compagnes et compagnons de travail, portés par les milliers de jeunes qui, à travers la France entière et de nombreux pays, se battent pour redonner sa fierté au monde ouvrier.

Cela, c'était hier, les années ont passé, les jocistes d'autrefois ont laissé place à une nouvelle jeunesse confrontée aujourd'hui à de nouveaux défis dont le chômage est le plus douloureux.

Samedi 1er juillet 2017

La douceur de juillet me fait revenir doucement à ce lointain passé où je dus faire mon deuil de Christian. Je n'ose plus y ajouter l'abbé, ça me semble indécent. Une fois que j'eus découvert le sentiment inavouable que je lui portais, je me sentis coupable d'avoir pu franchir cette barrière, et pourtant une autre que moi n'avait pas eu les mêmes scrupules. Pendant quelques mois, je fus incapable de penser sereinement à ce couple improbable : Paulette et Christian. Je ne pouvais cependant me boucher les oreilles. Il y avait toujours quelqu'un autour de moi pour me donner quelque nouvelle.

J'appris ainsi de loin en loin des bribes de leur vie dans la région parisienne. Lui n'eut pas de mal à trouver un poste de professeur de français. Elle continua d'enseigner dans une école privée. Ils ne revenaient pas au pays, les parents de Paulette se rendaient de temps à autre dans la commune où ils vivaient. Quelques années plus tard, bien intégrés à leur village, Christian fut élu maire ; il semble que les habitants ne surent jamais qu'il avait été prêtre dans une autre vie ! D'ailleurs, nous les croyants, savons fort bien qu'un prêtre, même s'il abandonne son état, reste consacré pour l'éternité. Enfin, c'est ce que l'église catholique nous enseigne.

J'appris également qu'une fois à la retraite, il rencontra l'abbé Pierre et se mit à sa disposition auprès des mal logés. Son énergie intacte lui permit d'apporter son soutien au mouvement du « Nid » fondé pour venir en aide aux filles du « trottoir » et les aider à retrouver travail et dignité.

Peu à peu, je guéris et mon engagement dans la JOC m'aida fortement à me diriger vers des préoccupations telles que je reléguai ce premier amour loin de mes pensées et préoccupations. Puis la rencontre de Jean-Louis fut décisive et l'attirance qui me portait vers ce garçon fut assez forte pour que j'y mette le mot « amour » et envisage de poursuivre notre route ensemble. La citation de Saint-Exupéry prit alors tout son sens dans notre rencontre « Si tu veux tracer ton sillon droit, accroche ta charrue à une étoile ». Nous avons, Jean-Louis et moi, tracé notre sillon.

Au bout, le même idéal et le même chemin pour y tendre : le monde des jeunes travailleurs et la lutte pour un monde meilleur, pour tous.

Samedi 16 septembre

L'été a joué au yoyo et mes bonnes résolutions ont fondu comme beurre au soleil. La chaleur nous a épuisés et les consignes de la maison ont perturbé nos habitudes. Comme les autres années depuis le départ de Jean-Louis, j'appréhende le mois d'août. Les souvenirs reviennent et s'incrustent durant les nuits chaudes. Les enfants le savent bien qui se relaient pour me faire passer ce cap en me proposant des sorties. J'ai eu la chance de voir cinq de mes petits-enfants. Rosine, la plus grande, s'est envolée en Australie pour un an. Raphaëlle a pris un travail d'été au supermarché pour s'offrir un voyage à Noël, elle tient à aller rendre visite à sa sœur. Anna et Carole ont animé un centre de vacances en Auvergne, Alban et François ont parcouru à vélo tout le nord de l'Espagne.

Trois résidents ont quitté la maison d'ici pour celle du Père. Nous avons accueilli trois nouveaux, un homme et deux femmes. Les animations ont été réduites en raison des vacances. On a reçu de nouveaux livres et j'ai eu plaisir à les recouvrir de plastique transparent. Ils ont pris place dans la bibliothèque et je me réjouis de ces moments de découverte à venir.

Je reprends mon récit et me replonge enfin dans mon carnet de militante des années 1960. Voici ce que je notais alors de la réunion de lancement de notre équipe JOCF :

Je suis contente de cette première rencontre. Nous sommes dix filles ce soir. Je ne m'attendais pas à ce qu'elles s'expriment aussi facilement. J'ai été surprise des confidences de Lisette : je connais son langage souvent vulgaire mais ce qu'elle dit sort du cœur. Elle traite les patrons de « gros porcs » : — Regardez-les dans leurs belles maisons et au volant de leurs grosses voitures – ça nous fait trimer pour vivre comme des princes – tiens y mériteraient le bûcher – On l'a laissée vider sa musette puis elle s'est calmée « oui, t'as raison, faut se prendre en main et se battre ».

Thérèse, je la connais bien. Elle a expliqué son boulot de travailleuse familiale ; elle va dans les familles aider la maîtresse de maison, une famille nombreuse souvent, où la maman vient d'avoir un bébé « on fait des journées d'au moins 12 heures ; j'arrive à 7 heures et prends le petit déjeuner avec tout le monde, je prépare les enfants pour l'école et je vais les conduire. Entre le ménage, le lavage, la préparation des repas, la vaisselle, le repassage, je n'arrête pas. Ça fait du bien de s'asseoir à la table. Au retour de l'école c'est le goûter, les leçons, le biberon du petit quand la mère est trop fatiguée. Faut pas avoir les deux pieds dans le même sabot dit ma mère ! De retour à la maison je suis vannée mais faut pas trop s'écouter, le lendemain on remet ça. Faut avoir la santé mais j'aime mon travail et même si c'est dur je suis mieux là qu'à l'usine.

Thérèse a mon âge aujourd'hui. Elle vit avec son homme dans une maison entourée d'un jardin rempli de fleurs. Elle ne prépare plus de repas. C'est Lucien de l'association La Main Tendue qui les leur apporte journellement. Elle sort peu, dit-elle, avec Lucien c'est une visite assurée et un brin de conversation agréable – le fricot est là je n'ai plus qu'à faire réchauffer, c'est Gabriel qui s'en charge alors je n'ai plus qu'à me mettre les pieds sous la table.

J'ai vu dire tout à l'heure, à la fin du dîner, qu'un nouveau est attendu dans quelques jours. Même Adrienne, qui sait tout avant les autres, ne peut rien en dire sauf qu'elle ne sait pas qui il est !

17 septembre 2017

Je note quelquefois l'année sur mon cahier car, oui, il m'arrive de chercher, ça se brouille un peu dans mon cerveau.

Aujourd'hui Annie est venue me rendre visite. Je l'aime bien. Elle a une mémoire extraordinaire. Elle me rappelle des anecdotes qui sont sorties de ma tête sans laisser de trace. On a passé du temps à rappeler des souvenirs « Souviens-toi de nos premières réunions de JOCF, il fallait que je trouve une raison de sortir le soir. Mes patrons, commerçants, rentraient tard, juste pour se mettre les pieds sous la table, si bien que je finissais à pas d'heure ! Je n'allais pas me coucher dans la chambre au-dessus avant qu'ils aient soupé et que j'aie fait la vaisselle.

La veille de la rencontre je me suis payée de culot. Ils étaient à table devant leur assiette de potage, je me souviens même que c'était un velouté poireaux - pommes de terre, j'avais anticipé et fait suffisamment pour qu'il en reste le lendemain soir. En retirant la soupière, j'ai dit « il faut que je vous demande une permission pour demain soir – Vous allez où Annie ? – À une réunion avec les filles et l'abbé Christian, c'est organisé par la JOC. Madame Colin a dit « c'est très bien Annie, j'ai fait partie de la JOC autrefois vous savez, au moins c'est pas pour caqueter bêtement, oui allez-y on se débrouillera. » J'étais aux anges.

Y avait pas de convention collective à l'époque mais l'année suivante j'ai travaillé avec des employées de maison comme moi et des patronnes. On était fières d'avoir pu mener à bien les discussions.

Oui, je me souviens de cette convention, Annie, je l'ai encore dans mes « papiers de mémoire ». Elle porte la signature des employées et des employeurs. Ce fut une avancée formidable pour la profession, enfin reconnue officiellement.

— Marie-Marthe, tu y étais comme déléguée de la JOC et tu as voté pour le titre d'employée de maison qui remplaçait définitivement et officiellement la bonne à tout faire »

Avant de me quitter, Annie me dit « je sais que vous attendez un nouveau pensionnaire la semaine prochaine ». Peu curieuse de sa réponse je demande : oui mais je ne sais pas qui c'est, toi le sais-tu ? Elle hésite un instant avant de répondre « on ne t'a rien dit ? » Son regard s'attarde sur mon visage. Je n'en saurai pas plus.

18 septembre

Le choc ! Je n'ai rien vu venir. Pourquoi ne m'a-t-on rien dit ? Peur de raviver mes souvenirs de jeunesse et mon premier chagrin d'amour ? Il est là l'abbé Christian ; me forcer à ne plus dire l'abbé, ce titre qu'il n'a plus pour le monde depuis si longtemps, mais qu'il garde à jamais pour l'Église qui ne défait jamais ce que Dieu a fait une fois pour toutes.

Jamais je n'aurais imaginé le revoir. Apprendre à la fois qu'il a perdu sa femme l'année dernière, qu'il a été victime d'un AVC et – cerise sur le gâteau – qu'il revient au pays. Trop d'un seul coup, je manque d'air et ne sais plus si je suis contente, effrayée, sereine, anxieuse, ça cogne dans ma poitrine et ce soir, alors que le vent souffle en rafale et balaie les premières feuilles d'automne, je suis trop bouleversée pour voir clair en moi. Je veux rassembler mes émotions et tenter de remonter le temps. Me calmer.

Ça s'est passé comme ça : Louisette est venue me voir cet après-midi. Ce n'est pas le jour habituel de ses visites mais ça la démangeait. Sans préambule elle me lance « J'en ai appris une belle, tu veux la connaître ? Mais assieds-toi – bien – le nouveau pensionnaire, celui qui arrive la semaine prochaine, je sais qui c'est MOI !

Je réponds seulement « ah ! bon, tu le connais ? Elle a ricané « moins bien que toi, ma petite mignonne ! » Mon cœur s'est emballé « je ne vois pas, dis-le donc ! » « Ben voyons, ton amour de jeunesse qui t'a préféré la pouffiasse de Paulette… »

Je n'ai pas réagi, l'information ne passait pas la rampe de mon entendement. Intraitable Louisette a continué « Elle est plus là, tu sais ce que ça veut dire ? T'as toutes tes chances ma belle. » Elle a embrassé mes joues glacées « allez, remets-toi, hou hou, bonne chance, à bientôt ! »

Si je veux dormir, je dois absolument avaler un petit cachet rose. Demain est un autre jour.

19 septembre

J'ai eu un mal fou à m'endormir. J'ai compté toutes les heures sur mon réveil aux chiffres phosphorescents. Ce matin, calmée, j'ai enfin réalisé que l'abbé tel qu'il est resté dans ma mémoire n'existe plus. Je me suis secouée : ma vieille tu n'es plus la Marie qui buvait les paroles de son directeur de conscience. Tu n'es plus la Marthe affairée autour de son feu pour servir dignement et amoureusement son Maître. Tu n'es que Marie-Marthe et soixante années passées sur ton corps ne t'ont pas arrangée ! Dis-toi bien que pour ce bon abbé Christian les années n'auront pas été plus clémentes. Ne te mets pas dans tous tes états pour un presque vieillard en fauteuil roulant et, peut-être, à la mémoire altérée ? Ne rêve pas. Comme dirait Louisette « Deux vieux, amoureux l'un de l'autre, c'est grotesque !!! »

Et puis Marion est venue. Elle a tourné dans la chambre, redressé une rose dans son vase, retiré les pétales répandus sur la table. Elle m'a posé une question gentiment « ça va Marie-Marthe ? » « oui oui, ça va comme d'habitude ». « Il paraît (elle a toussé) il paraît que vous connaissez monsieur Christian qui arrive dans quelques jours, c'est vrai ? » Qui a pu lui dire, Louisette probablement ! « Oh vous savez Marion, c'est une très vieille histoire, j'étais si jeune ! » « Ça vous dérangerait Marie-Marthe si on l'installait dans la chambre à côté ? Je crains qu'il ne connaisse personne d'autre que vous ici, ça l'habituerait. On m'a dit que sa santé n'était pas brillante, alors… »

Je n'écoutais plus, je ne retenais qu'une chose : il serait à quelques mètres de moi seulement, lui qui fut si loin et si longtemps. Trop d'émotions en peu de temps. Il faut que je me reprenne et que je dise « stop » à mon imagination. Le vent qui secoue ma fenêtre semble fouetter l'antenne de mes souvenirs.

20 septembre

Nous avons fêté au déjeuner les anniversaires des six résidents qui sont nés en septembre. Un repas plus festif avec l'apéro en plus, un dessert qui est un vrai gâteau, de la crème anglaise maison, loin des sempiternels yaourts et portions de fromage enveloppé qui n'ont goût de rien ! Les plus vaillants interprètent des chansons d'autrefois. Quand on m'a sollicitée j'étais partante, ça me fait du bien de pousser la chansonnette. Sentimentale, de préférence. J'ai choisi le premier titre qui m'est venu, aux paroles pas innocentes du tout mais je ne l'ai pas repoussé « J'attendrai – le jour et la nuit – j'attendrai toujours – ton retour ».

Quand j'ai surpris sur moi le sourire entendu d'Églantine j'ai compris combien mon choix s'adaptait aux circonstances et pourtant, je le jure, au moment où j'ai décidé de la chanson je ne pensais pas du tout à l'abbé. Enfin… à Christian.

Dans l'après-midi, était-ce encore l'effet de l'apéritif et du Saint-Émilion qui arrosait notre repas, Antoinette m'a tenu une conversation complètement surréaliste. Je connais son côté olé olé d'autrefois. Quand elle était jeune on disait d'elle « elle n'a pas froid aux yeux ». Libre de ses paroles comme de ses actes on ne lui aurait jamais donné le Bon Dieu sans confession. Le récit de ses rapports avec les garçons ne la gênait aucunement. On disait qu'elle avait un bon tempérament et certaines filles très vertueuses devaient envier en silence et en secret la légèreté de ses mœurs.

En prenant de l'âge elle n'a rien perdu de ce « tempérament » impétueux, dénué de tout scrupule. Donc dans la conversation de cet après-midi, au cours de la partie de Scrabble que nous jouions à quatre, elle se met à critiquer les loisirs de la maison ou plutôt le manque d'imagination de Marion et autres responsables.

« Allons les filles (c'est sa façon de nous dire qu'on est ses amies) c'est quand même pas folichon les loisirs qu'on nous propose : des chansons cucul la praline, des lotos à s'endormir, des lectures de bonnes sœurs, et le sexe là-dedans ? On n'est pas en bois, vous pensez pas que des histoires de cul ça ferait pas de mal de temps en temps ? C'est pas parce qu'on est vieilles qu'on a pas des envies. – Oh Antoinette, on a passé l'âge de s'exciter avec des histoires comme ça – Tiens, moi j'vous dis qu'on a pas besoin seulement de tisane, de jus d'orange et d'amusements débiles. Un peu de piment érotique ça ferait du bien à tout le monde ici. Y a qu'à voir comment les hommes y reluquent les filles du service, ça se voit comme le nez au milieu de la figure qu'y sont en manque ! »

Naïvement Charlotte demande « en manque de quoi ? » – En manque de quoiâââ (Antoinette imite la voix chevrotante de Charlotte) Mais de sexe, de grivoiserie, d'érotisme, enfin. Les romans à l'eau de rose, c'est bon quand on est vierge mais quand on a eu une vie amoureuse bien remplie, de quel droit on nous empêche de continuer ? Les médecins disent tous que c'est un gage de bonne santé alors ?

— Ma pauvre Antoinette, la plupart d'entre nous sont veuves, veufs ou célibataires, seuls pour le reste de leur vie. Que veux-tu, c'est le destin.

— Le destin ? Mon cul ! Non mais j'en connais qui ne demandent pas mieux que de se faire des guili guili un peu osés et alors ? Quel mal y aurait à se faire plaisir ?

— Oh Antoinette, c'est pas sérieux ce que tu dis là ! À notre âge !

— Ben voilà ! À noooootre âââââge ! Justement, à notre ââââge pas de tabous, pas de réticence. Moi je verrais très bien monsieur Clément aller rendre visite à madame Églantine ou à toi Charlotte et te proposer un câlin sur ton canapé. Et pourquoi notre belle Marion n'irait-elle pas faire une gâterie à Armand le célibataire ? Vu comment il la reluque quand elle passe, on voit bien qu'il se retient de lui mettre « la main sur ses hanches » (dixit Brassens).

Un instant de réflexion et Antoinette conclut « en tout cas les filles, un film érotique de temps en temps ça ferait pas de mal et si ça évitait à la moitié des résidents de se gaver d'anti-dépresseurs ce serait tout bénèf' non ??? »

À peu de chose près voilà les conversations qui ont animé notre sage jeu de Scrabble. Les plus offusquées étaient peut-être, au fond, les plus touchées. Il n'empêche que les propos d'Antoinette ont fait des remous. Je me suis posé la question « franchement Marie-Marthe, es-tu choquée ? » La réponse est simple si je veux être honnête. Non pas choquée mais interpellée comme on dit aujourd'hui. Je n'ai aucune envie d'intimité avec monsieur Clément mais avec quelqu'un d'autre, qui sait ?

21 septembre 2017

Un voyage sur la côte était proposé aujourd'hui aux résidents. J'étais partante, je ne veux rien louper tant que ma santé le permet. Destination : Notre-Dame-de-Monts. J'aime mon bocage mais chaque année j'ai besoin de voir la mer, respirer l'air iodé, emplir mes narines des odeurs poivrées de l'herbe des dunes aux relents de cumin, besoin du parfum chaud des pins gavés de soleil. La chanson des vagues me ramène à mon enfance et ses vacances de rêve. Le bord de mer c'était alors le bout du monde, la fin de la terre, j'imaginais loin derrière l'horizon, à une distance extraordinaire, un continent où le monde vivait une autre vie que la nôtre. J'y rêvais en lisant Perdus en Islande. Mon frère disait « mais non, de l'autre côté de l'Atlantique c'est l'Amérique ! » Bah ! Ça ne me faisait ni chaud ni froid, j'avais bien le droit de rêver de l'Islande si ça me chantait ! C'était bien éloigné de ma côte vendéenne et ça me suffisait, point !

Plus tard, j'ai fantasmé sur des chansons exotiques comme Mélodie Mexicaine ou José le Caravanier.

Aujourd'hui nous avons vécu une belle journée de fin d'été, ensoleillée, venteuse sur la plage à cause de la grande marée, calme sous les pins où nous avons partagé un vrai pique-nique avec jambon et saucisson et même le gobelet de gros rouge, comme les paysans d'autrefois. Je me suis souvenue de cette sortie entre garçons et filles où l'abbé Christian nous accompagnait. Nous avions commencé la journée par un temps de méditation et de réflexion ; que pouvions-nous apporter à nos camarades dans le travail et les loisirs ? Un bain joyeux nous avait réunis dans les vagues avec les jeunes saisonniers qui avaient pu échapper une petite heure à leur temps de travail durant la saison d'été.

Maintenant j'en viens à l'événement qui agite la maison, moi en particulier. J'ai hâte de Le voir, en même temps je redoute son arrivée. J'essaie d'éloigner mes pensées en douchant mon appréhension et mon impatience.

Je ne peux m'empêcher de revenir sur la conversation d'hier avec Antoinette. Je la sais provocatrice mais il n'empêche ! Je suis sûre qu'elle a réveillé des questions enfouies profondément chez les personnes bien élevées. Il n'est pas de bon aloi de parler de ces choses-là ! Plaisantait-elle ? Je ne crois pas. Tout de même, j'ai du mal à imaginer notre résidence transformée en une sorte de « lupanar » comme le préconise notre chère Antoinette !

23 septembre

Rien écrit hier. Il me fallait laisser reposer mes émotions avant de les mettre en mots. Il est arrivé. Lorsque j'ai entendu des voix, des pas et des bruits de porte, j'ai compris que mon voisin était dans nos murs. Impossible de me précipiter en curieuse. J'ai attendu l'heure où l'on se rend à la salle à manger. J'ose à peine l'avouer mais j'ai pris le temps de poser devant mon miroir, de passer sur mes joues la houppette de poudre de riz, d'enduire mes lèvres du bâton de rouge rose thé et de vaporiser derrière mes oreilles un léger nuage de « Nuit de Chine ».

Quinze minutes avant que je quitte ma chambre on a frappé. J'ai ouvert, mon cœur battait la chamade. J'ai vu un homme appuyé sur deux cannes. Quand il a dit « Marie-Marthe », j'ai reconnu sa voix. Il a avancé de deux pas. J'ai repoussé la porte. Avant d'ouvrir la bouche, je l'ai regardé, avidement, pour me faire à ce nouveau personnage qui d'un seul coup prenait la place de celui flottant dans ma mémoire. J'avais reconnu sa voix et maintenant je retrouvais son regard, moins vif mais aussi chaleureux. Je me suis approchée, ai posé mes mains sur ses épaules. Il n'était plus temps de réfléchir, je l'ai serré contre moi, aucun mot ne passait mes lèvres. Je l'ai fait asseoir. Le premier il a parlé « nous avons beaucoup à nous dire » Je n'ai pu répondre que « oui » dans un souffle.

Du regard il a parcouru ma chambre, s'est attardé sur la photo familiale accrochée au mur puis sur le portrait de Jean-Louis au milieu de la table ronde. Comme une idiote, les larmes ont brouillé ma vue. L'une de ses cannes est tombée, un bruit sec. Il a pris ma main, j'ai vu dans ses yeux une lumière qui m'a semblé douce ; j'ai retenu la bouffée de tendresse qui me portait vers lui.

Dans la salle à manger, la serveuse Angélique l'a conduit à sa place, entre deux hommes : monsieur Clément et Arthur l'ancien sacristain. J'ai pensé avec joie que ces deux-là pourraient lui tenir conversation l'un sur les livres et auteurs récents, l'autre avec les souvenirs de clocher et de fêtes religieuses.

De ma place je vois le profil de Christian. Je m'oblige à regarder dans une autre direction. Antoinette a l'œil et je ne voudrais pas donner à son bagout trop de grain à moudre.

24 septembre

Je n'ai pas beaucoup dormi. Après le journal de la nuit, en me glissant entre mes draps j'ai parlé toute seule : « Il est là, de l'autre côté de la cloison, tout près et presque à moi, j'en suis bouleversée »

Ce matin il a décidé d'aller écouter la messe chez les prêtres à la résidence de la Grange. Je l'ai accompagné puisque chaque dimanche j'accomplis le même cérémonial. Nous avons pris notre temps pour nous y rendre. Antoinette et Arthur nous accompagnaient. La salle qui longe le château côté nord a attiré nos regards. Nous pensions la même chose : nous y avons passé tellement de temps autrefois pour des rencontres et des récollections !

À la fin de la messe, de nombreux prêtres sont venus vers lui « Christian, quel bonheur de te revoir. On t'attend bientôt, tu viendras nous présenter ton dernier livre. Tu sais, il nous aide à prier et réfléchir ! Promis ? » Bien sûr il a promis.

Après le déjeuner il est allé découvrir la bibliothèque ; je l'ai aidé à y ranger les nombreux livres qu'il a apportés avec lui. À l'heure du goûter nous avons découvert notre goût commun pour le jeu de Scrabble. Avec Jeanne l'ancienne institutrice et monsieur Clément qui était secrétaire-comptable à la fabrique de meubles, on se promet de belles parties.

25 septembre

Si je m'écoute, je ne suis plus aussi tentée d'ouvrir mon cahier. Le temps passe plus vite il me semble. Peut-être aussi ai-je plus de réticence à me confier, ça bouillonne tellement dans ma tête. Pour prendre une image, je dirais que je laisse la bride plus longue à mes impressions ; les mots sont insuffisants. Chaque jour est un cadeau à goûter pleinement ; chaque matin je retire un feuillet de l'éphéméride accroché au mur et j'attaque la journée avec entrain.

Antoinette m'a dit « tiens tiens, tu as repris à te mettre du rouge à lèvres ? Ça te va bien ». Du coup, elle m'a apporté un crayon bleu qu'elle a posé à côté de la poudre de riz « ça va faire ressortir le vert de tes yeux ; tu devrais mettre du noir sur tes cils, une chance de les avoir si longs et si recourbés, tu vas avoir un regard de star ! » Penchée sur mon oreille elle a ajouté « un regard à faire sauter les boutons de braguette ! » Elle me fait rire mais je suis tentée de lui obéir ! Je lui ai rétorqué du tac au tac « tu retardes, ma chère, les pantalons ont tous des fermetures éclair de nos jours ». Très décontractée elle a ajouté en confidence « monsieur Clément a des boutons à son pantalon, LUI. Il a besoin d'aide pour les reboutonner… » un clin d'œil coquin et la voilà partie ! Un vrai feu follet !

Christian et moi il nous faudra du temps pour raconter ces longues années où nous étions éloignés l'un de l'autre. Peut-être en garderons-nous dans notre jardin secret. Il faut « laisser du temps au temps ». Dans la bibliothèque, Christian a glissé, entre autres titres, les quatre ouvrages qu'il a écrits lorsqu'il était au Mouvement du Nid. Des prières nées des Évangiles et adaptées à notre temps. Il a fait un vrai travail de mission auprès des prostituées. Elles venaient chercher dans le foyer le respect et la dignité qu'elles perdaient en arpentant le trottoir. Je crois l'avoir déjà dit mais un peu plus tard il a rencontré l'abbé Pierre qui l'a entraîné auprès des mal-logés et des sans-logis.

Je crois qu'il a souffert de ne pas avoir d'enfants mais avec Paulette ils ont beaucoup donné aux marginaux et n'ont pas manqué d'amour en retour.

26 septembre

Christian a accepté de s'investir dans la maison ; il a tout de suite proposé de nous aider à prier à la chapelle des prêtres à la Maison de la Grange.

La chapelle est belle avec ses murs recouverts à l'intérieur de bois clair de même que le plafond. Une fois par semaine nous passons une heure durant laquelle alternent lectures et méditation. C'est ainsi que doucement nous cheminons vers Noël.

Marion a demandé des volontaires pour préparer les décorations de fête. Sous la houlette d'Annette et de Michel la chorale commence à préparer son concert. On sort des cartons les partitions des anciens cantiques et quelques nouveautés qui soulèvent des réticences parmi les nostalgiques !

Peut-être est-ce seulement dans ma tête mais je trouve que quelque chose a changé ; la maison est plus gaie, plus vivante. Si je veux être sincère, je dois admettre que la venue de Christian y est pour quelque chose. Mon cœur n'est pas trop asséché : il bat plus vite dès que je pense à lui. Que Jean-Louis me pardonne mais je suis en train de redevenir amoureuse. Quand il m'attire contre lui je redeviens la jeune fille sentimentale qui rêvait de se lover contre sa poitrine. Que Dieu me pardonne et que Jean-Louis ne soit pas jaloux là où il est.

30 septembre 2017

Je deviens infidèle à mon cahier. Pourtant Marion m'encourage « Marie-Marthe, continuez à noter vos souvenirs, je compte sur vous ! » Je sens que j'ai moins envie, ce qui m'intéresse maintenant c'est de vivre au jour le jour, me laisser porter par ce bien-être qui m'envahit dès le saut du lit. Je ressens l'urgence de goûter au plaisir de vivre, d'être proche de quelqu'un que j'aime. Voilà, c'est dit. Ne sois pas jaloux Jean-Louis ; je t'ai aimé j'ai partagé ta vie passionnément, mais tu n'es plus là, tu étais bon, je te demande la permission de profiter des années qu'il me reste à vivre.

Christian parle peu de Paulette. Un jour j'ai abordé le sujet, il m'a dit oui nous avons été heureux mais j'ai regretté de ne pouvoir être père. Une opération à la suite d'un cancer et se sont évanouis les espoirs de maternité. J'ai compris que tous deux avaient donné ensuite leur affection aux plus pauvres.

Mais toi Jean-Louis, je ne t'oublie pas ; cette semaine je suis allée avec notre fils au cimetière ; on a nettoyé ta tombe, on y a déposé une belle azalée rouge, j'espère que tu es content.

10 octobre

Pas eu le temps d'ouvrir mon cahier cette semaine ; une infirmière est venue nous faire des tests de mémoire, elle m'a reprise une fois ou deux parce que j'avais dit Christian au lieu de Jean-Louis, ça m'a fait rire. Y en a une qui est bonne pour aller au Cantou, elle se sauve en disant « je vais voir maman à la Ramière » on l'a rattrapée deux fois sur la route.

Christian s'occupe de la bibliothèque, quelquefois il fait une causerie et petit à petit j'apprends ce qu'il a vécu au cours de son séjour à Paris ; les gens l'écoutent et lui posent des questions. Églantine vient lui demander conseil pour ses lectures et ne manque aucune de ses causeries. Antoinette m'a glissé à l'oreille « surveille-la, elle va te piquer ton amoureux ! » Je lui réponds « vieille folle » et à mi-voix je continue « j'ai choisi la meilleure part et elle ne me sera point ôtée »

Signé : Marthe ma sainte patronne. Amen.

15 octobre

L'automne ne réussit pas aux personnes âgées, les feuilles jaunissent et tombent, les jours raccourcissent, le vent est frisquet.

Notre chère Juliette est morte, elle ne faisait plus grand bruit la pauvre, du fauteuil au lit, du lit au fauteuil, ça me rappelle une chanson sur les vieux je ne sais plus qui la chantait, on a remis sa poupée sur l'étagère de la bibliothèque, elle ne racontera pas les derniers jours de sa mère, c'était qu'une poupée pas une vraie petite fille, je la regarde comme si elle pouvait me raconter quelque chose, Marion m'a dit allons Marie-Marthe ce n'est qu'un objet sans âme, attendez pas qu'elle vous parle, Christian me dit la même chose.

Moi je dis on peut pas savoir.

18 octobre

J'ai dit à Marion que je voulais plus écrire sur mon cahier j'ai trop à faire avec mes rangements je perds mes lunettes et la pile de mes mouchoirs diminue à vue d'œil y'a des voleuses j'en suis sûre mais personne veut me croire j'ai dit à ma petite-fille dimanche je sais plus si c'était Carole ou Anna je veux des mouchoirs rouges de Cholet est-ce qu'on en fait toujours au magasin La Bonne Toile de Cholet ?

Tous les jours je passe du temps avec Christian il me lit des pages d'un livre à lui je lui dis c'est beau on se tient par la main ça me réchauffe et il a une peau douce, j'ai pas demandé mais je crois bien qu'on est trop vieux pour coucher ensemble.

Mais moi je dis on sait jamais.

Un jour d'octobre, c'est l'anniversaire de ceux qui sont nés en octobre

C'est Micheline qui a parlé au groupe aujourd'hui moi je voulais pas lui rappeler les misères de sa jeunesse, sa mère malade et la bonne sœur qui voulait pas qu'elle mange une tartine de beurre mais elle a voulu tout raconter elle a dit ça me fait du bien ça me soulage d'en parler, elle a même raconté des choses que je ne savais pas ou que j'avais oubliées :

« Un jour j'ai quitté la cour de l'école en suivant les filles qui rentraient chez elles j'ai couru jusque chez moi, poussé la porte, appelé maman, maman, elle était dans la courette derrière la maison, assise au soleil sur un tabouret une cuvette à côté d'elle un mouchoir sur la bouche je me suis jetée sur elle, m'embrasse pas ! elle a dit je pleurais mais elle m'a repoussé, retourne vite à l'école la sœur va te gronder, file file je vais mieux, moi j'avais vu du sang dans la cuvette, j'ai couru en pleurant, sœur Simone s'était aperçue de mon absence elle m'a tendu la tartine de mon goûter ».

Après c'est Alexandre l'ancien forgeron du bourg qui lui a demandé « tu es restée longtemps chez les sœurs ? – presque un an, aux vacances d'été je suis rentrée chez moi, je voulais plus rien manger à l'école, le médecin a dit laissez-la rentrer chez elle, ma mère allait mieux elle avait un nouveau médicament c'était miraculeux ».

Le 20

Je sais pas je me force à écrire c'est comme si ça m'intéressait plus, sur les pages je dis des choses, ce qui me passe par la tête et puis c'est tout, personne pour me répondre, le cahier ça parle pas, j'aime mieux parler avec Jean-Louis dans la chambre à côté, mais tiens je dis n'importe quoi, celui qui est dans la chambre à côté c'est Christian il me dit toujours voyons Marie-Marthe souvenez-vous la chorale l'usine la JOC allez c'est pas si loin moi je dis oh si c'est loin, trop loin, je me rappelle pas de tout, c'est fatigant de chercher, maintenant j'aime qu'on me raconte des histoires ou encore qu'on chante ensemble les belles chansons comme Voulez-vous danser grand-mère sur ma feuille de la semaine je lis danse avec Marcel à l'accordéon, j'aimerais tourner une valse mais dommage que Jean-Louis a jamais aimé danser, j'essaierai avec Églantine y'a pas beaucoup de danseurs dans la maison.

Le 24

Avec le car on a été au cimetière, Christian a dit je veux aller sur la tombe de Jean-Louis, on a marché dans les allées je trouvais plus la tombe, Marion a dit venez je vais vous y conduire Christian a dit je me souviens de lui, vous avez été heureuse de l'avoir pour compagnon oh oui j'ai dit, c'est tout ce que je pouvais répondre, ça fait longtemps

et moi je dis quand les pages sont tournées c'est difficile de revenir en arrière.

Le 29 octobre

Marion m'a dit pourquoi allez-vous pas au Cantou voir Agnès, j'ai dit je la connais pas, bien sûr que si elle a dit vous pourrez chanter avec elle une chanson d'autrefois, moi je dis ça me tente pas de rentrer au Cantou il faut un code sinon tu peux pas entrer comme dans un moulin, pour faire plaisir à Marion, j'y suis allée tantôt comme elles étaient toutes à regarder la télé Mireille l'infirmière a dit j'éteins le poste parce que Marie-Marthe va vous chanter une belle chanson je suis sûre que vous aurez envie de chanter avec elle

j'avais apporté mes feuilles, y en a beaucoup je savais pas laquelle choisir, Mireille a dit si on prenait un cantique de Noël, j'ai pas cherché longtemps tout le monde connaît Il est né le divin enfant même que la vieille Marguerite battait la mesure, bravo Marguerite a dit Marion, la prochaine fois Marie-Marthe demandez à Christian de vous accompagner, il prendra le clavier à la chapelle ça lui fera sûrement plaisir, moi j'ai dit faut lui demander c'est mieux si c'est vous, elle a dit oui.

C'est vrai ça fait du bien de chanter, ça entretient la mémoire a dit l'infirmière, mais quand on a été malheureux à quoi bon se rappeler les mauvais souvenirs je vois cette pauvre Léone qui a trimé dur, usé ses mains au lavoir par tous les temps, qui a porté le deuil de sa seule fille morte de tuberculose, elle fait plus état de rien mais tout à l'heure elle a chanté, ça lui rappelait son enfance avant le temps des malheurs.

Pour sortir du Cantou Mireille a appuyé sur des chiffres c'est comme ça que je suis sortie, j'ai retrouvé mon Jean-Louis, même s'il est pas dans la même chambre je le vois souvent, j'ai dit ça à Marion elle a dit voyons Marie-Marthe c'est Christian qui est près de vous, ah oui, je sais pas pourquoi je mélange dans ma tête, c'est à cause des cantiques, c'est pas grave.

Christian m'a dit on est en novembre mais j'oublie d'enlever les feuilles du calendrier au mur, tant pis, qu'est-ce que ça change les jours sont tous pareils sauf qu'on chante souvent pour la prochaine fête, les répétitions j'aimerais mieux qu'on les fasse dans l'église avec un vrai harmonium et les cantiques à couverture rouge, moi la chorale j'en fais plus partie parce que l'abbé Christian est plus là pour nous exercer, on a chanté avec ceux du Cantou et l'abbé a pris le clavier de la chapelle je lui ai dit merci monsieur l'abbé ça va leur faire plaisir, il m'a dit vous savez bien qu'on ne dit plus l'abbé, c'est Christian maintenant,

moi je dis qu'il est toujours l'abbé, quand j'y pense je l'appelle Christian, qu'est-ce que ça change, Antoinette dit mais ça change tout, t'as le droit qu'il soit ton amoureux, si tu dis l'abbé c'est pas du tout pareil.

Moi je vois pas pourquoi, enfin, ça change rien.

on a répété au cantou marion a dit je vais avec vous c'était gentil j'avais mon classeur avec toutes les feuilles j'ai dit pourquoi l'abbé vient pas elle a dit il a un gros rhume il vous l'a dit, bon je savais pas, on a chanté quand même surtout que mon amie églantine est venue avec nous marion a dit que les pensionnaires du cantou m'aimaient bien, moi j'ai dit pourquoi elles sont pas libres, quelquefois elles viennent goûter avec nous dans la salle de spectacle marion m'appelle marie-marthe je sais pas pourquoi c'est si vieux tout ça.

quelqu'un a dit ça y est on est en automne les feuilles tombent dans le bois je vais m'y promener avec une jeune fille qui m'appelle grand-mère si c'était ma petite-fille je la reconnaîtrais mais elle dit je suis carole et je suis en vacances moi je veux bien mais je l'appelle mademoiselle elle pousse de grands soupirs

je suis fatiguée d'écrire je sais plus quoi dire j'aime mieux chanter et je connais tout par cœur pas besoin de mes feuilles qui sont toujours mélangées, mon voisin est gentil il m'aide à les remettre en ordre, je me souviens pas de son nom mais c'est pas grave l'autre jour on a dansé pour un anniversaire ça m'a fait plaisir qu'il me prenne dans ses bras je sais plus si c'était jean-louis ou un autre, pas grave.

Je me souviens pas du jour qu'on est il m'a dit on est le 2 novembre et on fête ceux qui sont morts, il m'a dit pense à jean-louis bon alors je cherche et je dis c'est toi, il a mis une photo dans ma main celle du cadre sur la table, j'ai vu que c'était un jeune j'ai dit tu le connais, à marion j'ai dit je veux plus écrire à quoi ça sert d'accord elle a dit mais un petit effort vous allez marquer le nom de vos frères et sœurs, j'ai dit oh c'est difficile ! elle m'a aidée alors j'ai réussi les voilà albertine – paul – bernard – andré – thérèse – hubert elle a dit vous êtes sept alors j'arrivais pas à me rappeler on a recompté et là elle a dit marie-marthe c'est vous que vous oubliez, on a ri, pour votre anniversaire ils vont venir manger le gâteau avec vous il faudra souffler les bougies et choisir une chanson pour leur faire plaisir.

On est jeudi ils sont tous venus avec des fleurs et des chocolats j'ai pas reconnu tout le monde ça faisait la foule j'ai ri quand ils m'ont appelée grand-mère j'ai vu mon voisin que je vois souvent j'ai cherché dans ma mémoire depuis quand il était avec moi il est gentil il m'a tenu la main et m'a embrassée c'est mon anniversaire j'ai chanté la valse de l'empereur j'ai envie de me reposer y'a quelqu'un qui a dit grand-mère il faut continuer à écrire dans le cahier j'ai rien promis j'ai envie de me reposer.

— je regarde de tous les côtés j'ai besoin qu'on vienne à mon secours qui va m'aider ? celui qui va t'aider c'est le Seigneur rien à craindre il a fait le ciel et la terre il ne permettra pas que tu tombes celui qui te garde ne dort jamais il ne dort jamais il ne dormira jamais le seigneur veille sur toi.

j'ai écrit tout ça en copiant dans le livre de l'abbé j'ai mis beaucoup de temps mais il m'a fait promettre d'écrire tous les jours des phrases de son livre cris d'hommes comme ça j'ai pas besoin de chercher dans ma tête surtout t'arrête pas d'écrire il a dit.

j'aime bien la dernière phrase du chapitre — il est là près de toi maintenant il sera avec toi toujours –

c'est beau c'est vrai qu'il est là près de moi pour toujours.

- c'est le seigneur qui me mène alors rien ne va me manquer – c'est à la page 66 du livre.

1er décembre (écriture de Christian)

Marie-Marthe m'a confié son cahier. Je lui ai demandé la permission de le lire, elle a haussé les épaules. J'ai lu. J'ai été bouleversé. Le passé m'est revenu à la figure comme un boomerang. J'ai revu clairement cette grande jeune fille avec sa « queue de cheval » et sa jupe chalet, la mode de l'époque. Elle n'avait pas froid aux yeux et n'a pas hésité lorsque la JOC est venue la mettre sur la route à la rencontre des autres. Elle s'y donnait avec enthousiasme et lorsque ses yeux verts se posaient sur vous ils vous donnaient envie de la suivre. Sa force et ses convictions entraînaient les jeunes dans son sillage. Rien à voir avec Paulette, plus calme, moins enthousiaste ; douce et… amoureuse !

Je mesure aujourd'hui combien mon départ a posé question aux gens d'ici et scandalisé une grande partie des fidèles. À vrai dire ce fut un déchirement pour moi mais je ne pouvais agir autrement. J'aimais Paulette et voulais intensément partager sa vie. Pas d'autre choix que de m'éloigner de l'Église. Le temps a passé. Me voilà devant mes souvenirs.

J'ai rempli la mission où je me sentais appelé ; j'ai interprété les événements et les appels comme un signe. J'espère être jugé sur l'amour, seulement sur l'amour.

Page suivante

Je me languis de toi – tout mon être crie de joie vers toi –

J'ai copié dans le livre - signé marie marthe

3 décembre (Christian)

Nous cheminons vers Noël. Marie-Marthe m'accompagne à la chapelle de la Grange où je me rends deux après-midi par semaine. Je la force à écrire sur son cahier, quelques lignes seulement, parfois elle veut que je choisisse la page, je lui lis plusieurs extraits après elle choisit. Je l'aide à préparer les chants de Noël. Par miracle sa voix est intacte. La joie se lit sur son visage lorsqu'elle chante. Elle connaît tout par cœur. Il m'arrive de fermer les yeux, je guette le trouble que sa voix fait naître en moi.

Elle répète « Dans une étable obscure », chante en solo une partie des couplets, accompagnée en bouche fermée par la chorale. En fin de répétition elle s'approche – dis l'abbé (j'ai beau lui dire appelez-moi Christian, elle n'en tient plus compte) dis l'abbé, c'était bien ? Je l'entoure de mes bras « oui Marie-Marthe c'était vraiment très bien ! »

Ses yeux pétillent d'un reflet doré quand elle demande « on recommence quand ? »

La photo de son anniversaire est accrochée dans sa chambre. Régulièrement Marion lui fait énumérer les personnages qui l'entouraient ce jour-là. Je l'admire pour les trésors de patience qu'elle déploie. Chaque fois elle demande – où est Jean-Louis ? Toujours trop de travail le pauvre ! Je lui dis doucement :

— Souvenez-vous Marie-Marthe, il est au cimetière.

— Ah oui, dit-elle.

Elle fait un geste vers moi – heureusement qu'il est là, lui ! – Paulette n'a pas laissé de trace, sauf en moi et sur les photos. Elle a fait don de son corps à la science. C'était son souhait pour aider la recherche médicale. Elle savait mon projet de rentrer en Vendée, je n'aurais pas à me soucier d'entretenir sa tombe.

Page suivante (écriture de Marie-Marthe)

- tout mon être te désire – je suis comme un désert asséché, aride – je viens chez toi – je veux te voir (c'est page 54 dans cris d'hommes)

7 décembre (Christian)

Les amies de Marie-Marthe, celles du temps passé ou celles qu'elle s'est faites à la maison de retraite ne sont plus aussi fidèles « C'est plus pareil maintenant, elle tient pas les conversations comme avant ». Antoinette reste proche, elle a toujours le mot pour rire et parfois fusent des réflexions un peu osées. Marie-Marthe sourit « oh celle-là faut pas toujours l'écouter, c'est pas des conversations pour l'abbé — Quel abbé ? reprend l'effrontée – ton Christian est un homme comme les autres, encore séduisant tu le sais mieux que personne ! » Elle parle assez fort pour que je l'entende de ma chambre. Puis je les entends s'esclaffer. Antoinette est la seule qui réussisse à la faire rire.

Chaque quinzaine je participe à une rencontre avec les pensionnaires, curieux de savoir ce que j'ai fait pendant cette longue absence de Vendée. J'accepte volontiers et leur fais découvrir la vie des femmes que nous recevions au Nid. Souvent elles venaient de milieux défavorisés, père absent ou alcoolique. Elles avaient quitté très tôt le domicile parental. Trouvaient des emplois de serveuses ou d'employées de maison. Mal considérées, mal payées, solitaires, proies faciles pour le trottoir. Se croyaient libres alors qu'elles tombaient sous la coupe de souteneurs sans foi ni loi. Subissaient un esclavage pire qu'avant. À la suite d'une rencontre avec l'association elles venaient au Nid, décidées à se reconstruire. Pas facile d'accepter un travail régulier pour un revenu divisé par 4 ou 5 par rapport à la prostitution. On déplorait des échecs. Parfois quand elles avaient un enfant elles souhaitaient devenir de bonnes mères et récupéraient leur petit tous les soirs chez la nourrice.

Lorsque j'ai rencontré l'abbé Pierre, je l'ai suivi tandis que Paulette continuait sa tâche auprès des filles du Nid. Nous nous retrouvions le soir et partagions nos espoirs et nos soucis, parfois nos échecs. Il ne fallait surtout pas se décourager. La tâche était immense, nous avions l'impression de faire un travail de fourmi, cependant aujourd'hui, lorsque l'on mesure le chemin parcouru, on voit que ça avance, les mentalités changent et personne n'ignore la misère qui frappe à nos portes.

Aucun chemin n'est exempt de cailloux et de fondrières. Surtout ne pas caler ; avancer toujours « Le Seigneur nous mènera / Par les chemins qu'il lui plaira ». (Christian)

Page suivante (écriture de Marie-Marthe)

- la joie vraie elle est près de toi – je me serre contre toi – et tu me prends dans tes bras (page 55)

10 décembre (Christian)

Nous avançons vers Noël, fête de la joie et de l'Espérance. Mystère entretenu par la merveilleuse histoire d'un enfant qui devait bouleverser le monde. Paulette et moi l'avons fêté des années durant avec les plus pauvres. Aujourd'hui nous abordons cette fête dans une nouvelle pauvreté, celle des anciens. « Notre vie est derrière nous » disent-ils. Mais il y a encore un morceau de vie devant, moins exubérante sans doute, mais aussi riche avec ses joies à cueillir et ses espoirs à réaliser, son cortège de petites ou grandes misères aussi.

Pour le moment la chorale s'étoffe ; des gens de l'extérieur viennent nous rejoindre. Les cantiques parcourent les couloirs, on nous apporte des CD avec des chants nouveaux bien que les anciens aient toujours la cote. Tant de souvenirs qui ramènent au bon vieux temps de la jeunesse.

En feuilletant le classeur de Marie-Marthe, j'ai trouvé des pages de cahier couvertes de son écriture. Des contes, des nouvelles, signées de sa main. Je lui ai mis sous les yeux l'une de ces pages où, de sa belle écriture haute et élégante, elle a écrit, au crayon violet, Le petit âne de la crèche. « Voilà un bien joli conte, Marie-Marthe. » Elle est restée indifférente alors j'ai commencé à le lire à haute voix. Peu à peu elle a prêté l'oreille, j'ai lu jusqu'au bout. Elle m'a regardé, les sourcils froncés « pourquoi tu dis que c'est un conte ? Le petit âne m'a vraiment fait un clin d'œil et j'ai pas voulu dire qu'il m'en a fait chaque fois que j'ai fait ma prière devant la crèche. »

En se retournant elle a marmonné « et tu dis que t'as la foi !!! pfuittt ! »

13 décembre (Christian)

Aujourd'hui Colette, notre artiste bénévole, a sorti des cartons les figurines de plâtre qu'elle a repeintes de frais cette année. À l'entendre, j'ai compris qu'il s'agissait de Colette de la chorale, l'amie de Marie-Marthe au temps où j'étais vicaire au Grand-Bourg. Elle vit aujourd'hui sa retraite en apportant ses talents de peinture et d'illustrations aux maisons de retraite. Il paraît qu'on peut lui faire confiance pour embellir la maison et motiver les « petites mains » pour les guirlandes et le décor des tables. Arthur, Maurice et les autres s'activent à la fabrication de la cabane où Marie va se réfugier pour mettre au monde son enfant.

La crèche sera installée dans la chapelle près de l'autel. On m'a dit que les personnages, magnifiques et imposants par leur taille, ils font au moins un mètre de hauteur, ont été offerts par la comtesse du château de la Grange (aujourd'hui la résidence des prêtres en retraite) à la première maison de retraite de Grand-Bourg ; dans les années 1930, on appelait cette bâtisse « l'Hôpital ».

Depuis elle a été rénovée et aménagée en cabinet médical proche de notre maison.

Page suivante (écriture de Marie-Marthe)

je ne vaux rien, je ne suis rien, mais Il s'occupe de moi tu me délivres toi mon dieu, ne tarde pas

(cris d'hommes page 63)

18 décembre (Christian)

Je l'avoue, j'ai toujours aimé mon confort la nuit. Au séminaire je devais me contenter d'un méchant matelas de 90 sur un sommier métallique qui grinçait chaque fois que je me retournais. Après j'ai apprécié de partager un grand lit avec ma compagne.

En rentrant aux Bruyères j'ai tiqué devant ce lit d'une place, trop étroit et trop court pour ma silhouette (je mesure un peu plus d'un mètre 90). J'ai commandé un lit d'un mètre 40 que m'a installé le marchand de meubles d'ici. Lors de mon emménagement, Marie-Marthe l'a remarqué tout de suite en me confiant « un lit de 90 me suffit, s'il était plus grand je trouverais trop le manque de mon homme ». Dans sa chambre elle a complété son mobilier avec un sofa moelleux dont le rouge flamboie au soleil de l'après-midi. Lorsque nous nous y asseyons côte à côte, nous sommes dans une bulle de tendresse qui fait venir confidences et souvenirs. C'est là qu'elle redevient la femme joyeuse et vivante que j'ai trouvée en arrivant ici. Nous y étions hier après-midi à l'heure du thé, je devrais dire à l'heure de la tisane. Sur son étagère, six ou sept boîtes colorées offrent des mélanges plus ou moins curieux, elle m'engage à goûter mais elle fait le choix selon son humeur.

Après dîner, c'est la cérémonie du tilleul, toujours chez moi. Elle est arrivée dès que je l'ai appelée, elle perd parfois la notion de l'heure. J'ai préparé l'infusion, l'ai versée dans les tasses bleues qu'elle affectionne. Pour elle, un sucre. Elle précise chaque fois, « une pierre de sucre ». Pour moi, nature. Nous avons évoqué l'approche de la fête et je lui ai rappelé « Nous sommes dans la période de l 'Avent ». Elle a répondu « En avant pour quoi ? On est en retard mon cher ami ! » Elle a bougé sur la chaise « on est mieux chez moi sur le sofa. »

Enfin j'ai osé « Marie-Marthe, vous auriez plus de confort dans mon lit. » Elle a souri et n'a pas hésité, s'est glissée entre les draps sans retirer sa robe de chambre mauve. J'ai contourné le lit pour la rejoindre. Nous nous sommes rapprochés... Son parfum, ses cheveux, son collier de perles. J'ai touché sa peau. Ses yeux ont brillé dans la pénombre. Sa main a cherché la mienne « Christian, dis-moi qu'on ne se quittera plus ». J'ai murmuré « non bien sûr ; on va même commencer un nouveau cahier sur lequel nous écrirons ensemble ».

Je n'avais pas baissé le volet roulant. À travers la vitre je voyais le clocher de la vieille église dont le granit, après restauration, vient de retrouver son doré d'antan. Les lumières de la ville l'exaltent encore plus.

Les guirlandes de lumière scintillaient dans les rues annonçant Noël.

Je me sentais bien, j'étais heureux : Marie-Marthe, pour la première fois depuis plusieurs semaines, venait de m'appeler par mon prénom.

La fête de Noël, dans mes souvenirs, est auréolée d'un charme et d'un mystère qu'aucune autre fête n'égalera jamais. Dans notre enfance, nul ne mentionnait jamais le père Noël. Le nouveau-né Jésus nous suffisait et malgré l'indigence dans laquelle il était né, l'anniversaire de sa naissance nous valait quelques cadeaux dans lesquels se glissait un signe du Ciel. La moindre babiole revêtait des vertus d'où le sacré n'était pas exclu. C'est ainsi qu'au fil des années se créait une crèche faite des personnages indispensables à la belle histoire de la naissance de ce petit Dieu né d'une jolie fille juive par une sorte de miracle attribué à l'Esprit Saint ou, qui sait, au mystérieux ange Gabriel.

Mes frères, mes sœurs et moi attendions avec impatience le matin de Noël en nous demandant quel berger ou quelle bergère serait déposé dans notre sabot, avec notre prénom écrit à l'encre du Paradis sous le personnage. C'est ainsi que m'échut une année un berger à manteau bleu et aux yeux marron, appuyé sur un bâton de châtaignier et une autre année un joli nègre à robe rose qui faisait merci avec sa tête dès qu'on lui faisait don d'un petit sou, qui se nichait dans un tiroir placé sous ses genoux.

Bien entendu, l'âne et le bœuf avaient été les premiers arrivés, la même année que l'Enfant, Marie et Joseph.

Malencontreusement, l'un de nous – peut-être moi, je ne m'en souviens plus – laissa échapper un jour de ses mains le petit âne gris aux yeux si doux. Quand on le releva, mince alors, l'une de ses pattes resta sur le carrelage, en plusieurs morceaux irréparables. Il ne tenait donc que sur trois pattes et il s'avéra impossible de lui faire tenir la position debout ce qui était tout à fait regrettable s'agissant de souffler sur le bambin presque nu sur la paille. En trichant un peu, on arriva à lui faire remplir correctement sa mission en glissant à la place de la patte amputée un bout de papier crèche solidement roulé. Bah, ça ira comme ça avait décrété notre père deux jours avant la fête.

Nous avons tous assisté à la messe de minuit, chanté Il est né le divin enfant, de retour à la maison avons dégusté le chocolat chaud traditionnel avec la belle tranche de brioche maison. Puis nous nous sommes couchés sans nous préoccuper des cadeaux qui n'arriveraient que pendant la nuit. Au matin, sitôt levés, nous voilà au pied de la crèche, à défaire les petits paquets arrivés par la cheminée pendant que nous dormions. Cette fois-là, nous héritions des trois rois mages et d'un magnifique chameau ! Nous nous apprêtions à les déposer dans la crèche quand on s'aperçut que mon petit frère Bernard, monté sur un tabouret, tenait dans ses mains le pauvre petit âne gris aux yeux si doux et poussait des ah et des oh de surprise en le caressant dans sa menotte.

Incrédules, nos yeux se fixaient sur l'âne qui arborait fièrement une patte toute neuve, brillante comme de l'or. Délicatement, notre mère retira des mains de Bernard le petit âne gris aux yeux doux, le porta à ses lèvres et le mit doucement à sa place derrière le petit Jésus. Durant la prière qu'elle nous fit réciter, je levai les yeux. Le petit âne gris à la patte en or me regardait et - je n'osai le dire à personne - il me fit un clin d'œil auquel je répondis avant de fermer les yeux.

Marie-Marthe, Noël 2016.

Pour leurs témoignages, mes remerciements vont à :

Madeleine, Michelle, Marie, Louisette et Benjamin, Mimie et Guy, Jean, Thérèse, Simone, Liliane, Suzanne, Suzette, Odette, Monique , Henri…

Les citations sont extraites du livre de François Chalet :

« Cris d'hommes » (Les Éditions Ouvrières, collection À pleine vie, 1966)

Achevé d'imprimer en juillet 2018
sur les presses de la Nouvelle Imprimerie Laballery
58500 Clamecy
Numéro d'impression : 806401
Imprimé en France

La Nouvelle Imprimerie Laballery est titulaire de la marque Imprim'Vert®